家人，就該葬在一起，這是我能為你做的。

家族だから一緒のお墓に……今の僕があなたにしてあげられることは、これしかないんだ。

還魂術

寒雨

Blamon

CHARACTER

人物介紹

元湘

16 歲，元彭之女，沒有繼承元家歷代醫者的聽診能力，因此備受冷落，但仍積極充實醫藥知識，努力尋找自己的價值，孫傑是她一直視為家人的朋友。

孫傑

16 歲，出生在師者之家，父母早逝，獨自一人靠教孩童識字而努力生活著，是一 個內心悲傷，但很有擔當，總是能給予元湘鼓勵的好友。

鄭雲

17 歲，和元湘一樣出生於醫者之家，總愛埋首於書堆當中，性子較冷僻，不擅言語，但內心很溫柔的一個人，元湘心情不好時，常常窩到她房裡來，一同研讀醫書。

趙揚

20 歲，家中歷代都替部族琢玉，家境富庶，一直以來都愛慕元湘，是個性情溫暖，樂於助人的鄰家大哥。

CHARACTER

人物介紹

佟凌

是一位神祕的黑巫女，精通各種巫術和醫術，沒有人知道她活了多久，從哪裡來，性子淡漠，但又偶爾在小細節中不自覺流露出溫暖。

莫綱

佟凌的座騎，是隻漂亮雪白的馬，頭上有角，換化成人時，擁有強大可達數噸的握力，也可將這股力量轉注於武器之上，造成強大的殺傷力，身上隨身攜帶著弓箭。

行天
佟凌的座騎，是隻銀灰色的馬，和莫綢一樣頭上有角，換化成人時，身上可釋放出強大的電力，隨身攜帶著銀鍊當武器，長度可伸縮自如。
魚婦
神祕的巫師，儘管已經500歲，但外表仍維持娉婷少女的模樣。

第一章

招搖山上，巴朗族。

群峰繚繞，清晨的初陽不經意灑下絲絲光輝，明亮了最睥睨群山的陡壑。

峭壁彷彿張開了獠牙，在天地間長嘯，赤裸著上身的男人們進出著位在峭崖中開通的礦井，將一車車剛開採的礦石送上沿著峭壁搭建的粗麻繩。

偶爾，忽奔至此的烈風糾纏著，震落了峭崖邊的細碎石塊，吹得崖上的人們搖搖欲墜，教人看得怵目驚心。

粗麻繩鉤掛在銅製的齒槽上，藉由不斷的運轉，送著一車一車甫開採的礦石直至山下。

這方，一群人一早便宏亮的吆喝著，指揮一旁排成一列的男人們，將運送下來的礦石，一車車給搬下來。

獸師早領著一隻隻巨大綠殼的旋龜在一旁等待，旋龜們的頭像是黃鶯，頭上和頸上都長著細羽，每一隻的顏色也都不大相同，牠們正張著尖銳的鮮紅色鷹嘴，發出尖銳的啼叫聲，後方粗長的蛇尾也不耐地拍甩著，像是在催促著人們動作再快些。

受指揮的男人們吃力地將礦石搬上旋龜巨大的龜殼上，再由獸師指揮著牠們運往下一個目的地。

這些男人們多是因為繳納不出稅物，而被送來族裡的礦場做徭役，以勞力來償還。

因此，並不是各各都身強體壯，這些人中，有家中造竹簡的、有牧羊的，其中也不乏族裡的講學先生。

巴朗族規定每年每戶均須繳納稅物，稅物的計算和每戶的人丁數量及收支有關，主要是繳給族裡的大長老。

一般老百姓無法得知稅物的計算方式，都是由大長老底下的長老們經過計算後公告得知，每年繳一次，主要以繳納貝幣、玉和牲畜為主。

唯一可以確定的是，家中人丁越多，所需繳納的稅物就越多。

繳不出稅物或是繳納不足的人家，族裡便會分配他們到礦場、兵隊、鹽窯等不同的地方，以徭役償抵當年繳不出的稅物。

在這些地方幹活兒，或多或少都具有相當程度的危險性，大家只能自求多福。

排成一列的旋龜迅速的將沉重的礦石運送到礦場外圍的空地，那裡沒有礦井附近飛濺的礫石，也沒有冶煉礦石的炙熱，而是一個清靜的空曠地，空地的外圍有個小樹林，那兒在夏日正好可以遮掩住烈日。

旋龜們到達後，在獸師的指令下，將身體的後半部蹲低，粗壯且有力的蛇尾捲住盛裝礦石的銅車，慢慢將它們卸下來。

一旁早已等待多時的幾位姑娘們合力將卸下的銅車拉到一旁，好讓等下幹活兒時不會太擁擠，其中穿青綠色衣裳，笑得眉眼彎彎的姑娘摸了摸其中一隻長了鮮黃色柔軟細羽旋龜的頭。「好乖，好乖，這些天都不會胡亂啼叫了呢！賞你一顆果子吃。」

旋龜張開尖銳的鷹嘴，一下子就把那顆粉色多汁的野果吞進肚子裡，並滿意地搖了搖粗壯得嚇人的蛇尾巴。

「元湘，別老亂餵食果子，要給獸師發現了，少不了一頓罵。」

待獸師領著旋龜走遠後，一旁的張琳沒好氣的提醒著她。

張琳是在這和元湘感情最好的姑娘，兩人從早到晚都一同工作，一同吃飯，無話不談。

「我會很小心不讓獸師發現的，妳瞧，脾氣最拗的這隻自從我給牠果子後，越來越乖了呢！」

幾隻旋龜裡，單單就牠脾氣最差，動不動就胡亂拍甩蛇尾，不時昂揚著頸子發出尖銳的鳥啼，還曾經弄傷過幾名姑娘。

「妳自行當心便是。」兩人一邊拖著銅車，一邊找了個樹蔭，好確保待會兒不會熱著。

在這裡的姑娘都是沒能繳稅物而來這幹活兒的，通常族裡對於稅物繳納不足的人家，都會徵招有力的男丁。

不過依族裡的規定，稅物是可以記名繳交的，重男輕女，在這個時代很常見，不少戶人家都會先把家中男丁的稅物繳清，好確保家中能有從事生產的人力。

到了年底要總清算的時候，偶有幾戶人家繳不出剩下的一點稅物，這時通常

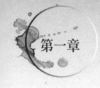

就會犧牲家中的姑娘。

「琳琳，就委屈妳這一年，明年爹和妳哥哥們會更努力，定替妳繳清，不讓妳再做徭役。」張琳忽想起爹當時對她說的話，不禁苦笑了下。她家是務農的，還得看天吃飯，前年，遇上數月不止歇的大雨，作物都給淹壞了，影響了家中生計，繳不出她的那份稅物，為了確保家中還有能幹活兒的男丁，只得犧牲她。

兩人將銅車拉到樹蔭下後，捲起袖，開始徒手在滿車的礦石中撈出泥沙，夾雜在其中的一些枯枝、碎瓦片和礫石也要挑掉。

開採下來的礦石，會先送到這裡初步將車裡的雜質一一去除，比起其他粗重的活兒，這較適合姑娘家做。

不過泥沙中常常有瓦片或是又粗又刺的石子，一個不當心就會刮傷，因此兩人的手上，一直有深淺不一的舊疤和新傷。

「咱們待滿一年離開這裡後，往後可得加把勁兒，別讓自己再來這地方。」張琳因痛暫時停下手邊工作，將一早採來壓成泥的藥草塗在手上的傷口，再拿片細長的葉子，將草泥覆蓋住，在手掌上繞了一圈後，將元湘昨晚熬煮的藍蕉葉汁液塗在葉子的邊緣，黏住葉子，好固定住以保護手上傷口。

說來，能有這法子，還多虧了元湘，她生在醫者之家，自小耳濡目染，懂得不少，尤其對於藥草的運用更是精熟。

這藍蕉的果實是艷麗的靛藍色，上頭還有一條條紅色的條紋，有毒不可食，但是其葉子卻有益氣的功效，而且將它熬煮後，會變成有黏性的稠狀液體。

她只比元湘早了一旬來到這，每一天幹完活兒後，手都疼到無法入睡，家裡也沒有多餘的貝幣能讓她老是傷了就去看大夫，只好每次下工就到溪邊泡泡水，希望藉由清涼的溪水減輕疼痛。

「能怎麼加把勁兒啊？」元湘一邊笑著答問，一邊也取來草泥和藍蕉葉汁液處理起自己手上的傷。

「除了賣力兼活兒賺貝幣，咱們姑娘家最快的辦法就是找個好夫家嫁了。」旋龜不斷地將一輛輛的礦石送來，兩人閒聊歸閒聊，手卻不敢怠慢，要是做得慢了，輕則挨打受罵，重則還得增加留在這的時日。

「也得那未來的夫家能寵咱們一輩子，看看妳們家隔壁的張姐，嫁了那王家的漢子，沒幾年便被休了，可憐的她孑然一身的離開王家，娘家也窮困，沒能讓她依靠，現在聽說在另一邊的礦場呢！」眼見夕陽將要西下，元湘一邊感嘆，一邊加快動作將雜質挑出，這初步完工後，還得送到下一站讓人家將礦石分好。

初步將雜質挑出的礦石，便送往下一站，讓他們把銅礦裡夾雜的金石、石炭等不同的礦物細分出來，得確保剩下的銅礦沒有參雜其他種類的礦石，才能送到大熔爐去化成精純的銅液，然後鑄造成各種兵器、禮器和食器，這事不但需要體力，而且沒經過長時間的訓練是做不來的。

夜幕初降，兩人總算把今日的事給做完。「我覺得有個人可以一同說說話，做事的效率更好，也不會覺得時間過得太慢呢！」元湘一邊說著，一邊收拾著挑出來的泥沙，清掃著環境，準備要回家去，只是想到那個家，笑容不免有些僵硬。

「我很感謝妳，說句真實的，在妳來之前，我每日都覺得時間好漫長，事情好似無盡無涯，做也做不完。」

張琳忽然快步奔去，一把抓住她的手。「在這兒，咱們倆可以互相照應，誰也不會覺得寂寞；可在家，妳得敞開心。」

看著雖然認識的時日不多，但早已把自己當成知己的張琳，她忽然覺得自己其實沒有那麼不幸。

雖然那個家早已變調，但她還有張琳、還有孫傑、還有鄭雲，他們每一個都待她好，把自己當成家人一樣，也許她……沒有自己以為的那麼寂寞。

「在那個家，我開始習慣不要有情緒了。」

聽了不忍，她拍了拍元湘的肩。「明早的吃食，我剛好做妳最愛的梅子飯糰和醃菜，也給妳備上一份，別太晚來。」

「當然。」她心中明白張琳的好意，況且，她的醃梅子可不是說說而已，那味兒入得透，酸味中有些許的鹹，又有淡淡的甜，拿來做飯糰和醃菜，一口咬下，梅香四溢。她每回都吃得差點連舌頭都要吞下，在這樣的溽暑吃正好，那酸甜清爽的滋味，總能讓暑意消了大半。

落日晚霞，金黃色的光芒自山巔處流露，離開礦場和張琳道別後，元湘一邊期待著明早的吃食，一邊哼著小曲兒，往自家方向走去。

遠處已經可見幾縷裊裊的炊煙，清風中還隱約伴隨著淡淡菜香，家家戶戶都

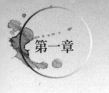

在燒飯了呢！

回想起以前的自己，總是在娘燒飯時跟前跟後，那時年紀還小，幫不上什麼忙，只能端端菜、擺擺筷，等待著爹和兩個哥哥看完前廳的病人，一家子圍著不算大的木桌一起吃飯，還不時夾雜幾絲歡笑，那飯，吃起來特別香。

隨著自己漸漸長大，爹覺得自小便讀醫書的她，該是可以學著看病的時候了，可爹也在這時發現她竟沒有元家歷代醫者皆有的聽診能力。

元家兒女，自古皆有只需用耳，便可聽音辨脈的聽診能力，有些不同脈象間的急、緩、虛、實僅有細微差距，一般大夫難免偶爾誤診，可元家兒女與生俱來的聽診能力，卻可以明白的聽清脈象。

但是，她沒有遺傳到這樣的能力。

很快地，爹自然懷疑起娘的不忠，即使事隔多年，她依然記得娘那時聲淚俱下，跪著求爹原諒她。

爹怒不可遏，可夫妻一場，爹很清楚如果他休了娘，娘沒有自己討生活的能力，定繳不出稅物，只能做徭役過著苦不堪言的日子。

相愛至此，爹終究不忍，在外人眼中的他們，仍然是過去的元家，只有關起門來，自己知道一切無法再回頭，這個家早已四分五裂。

沒幾年，娘就因為多年抑鬱，無疾而終。

或許仍是自小養她、愛她的家人，爹和哥哥雖然待她變得較淡漠，可每年的稅物，總還是繳上她那一份。

直到三年前，族裡要增強兵力，連帶稅物大增，族人的生活苦不堪言，被迫替族裡做徭役的人也越來越多。

漸漸的，人們只要不是遇上會要了性命的大病，便不再找大夫，元家的收支也因此受到影響。去年，家裡也只能繳出爹和兩個哥哥的稅物了。

「當心點，走路別失了魂，很危險的。」元湘猛然回神，發現一名全身穿著白衣白裳的清麗女子，正略皺著眉心，雪白的手正抵著自己的肩頭，這才發現原來是自己走路不當心，差點撞上人了。

「真是對不住。」白衣女子也沒等她說完，便抿了抿紅唇，甩了一頭清亮的黑髮便揚身而去。

「敢問姑娘大名？」不知哪來的衝動和勇氣，她竟追了上前，脫口問了她的名字，她見過這個姑娘幾回，她不知自哪一天起，忽然地來到族裡，總是穿得一身的白，從不和人交談，像是一直用淡漠拒人於千里之外。

女子回了頭，定定的看了她好一會兒，感覺像是在打量些什麼。

「我叫佟凌。」

她還沒回過神來，佟凌隨即又轉身正要離去，走沒幾步，她又回了頭。「妳不怕我？」

她曾經聽其他村民提過，說曾在夜半見到佟凌對一具已死的馬屍施咒，只見原本已死透的馬，竟又活了過來，就像脫胎換骨般，神采奕奕，毛色變得更加光澤。

這還不打緊，還聽說這馬還魂後，頭上竟還長了銀白色的長角，成了神馬。

有人說見過佟凌會和樹木、花草對話。

還有人說她殺人如麻，會把族裡的孩童帶回去，一口一口生食他們的肉。

聽聞族裡幾個忽然就不見蹤影的孩子，有人數月之後在偏遠荒區的溪邊見到他們的骨骸，說是她吃完人肉後丟棄的。

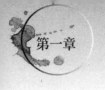

佟凌總像是忽然出現，卻又在轉眼間忽然消失，且她無論何時，總是身著一身的白，所以後來族裡的人都叫她「鬼巫」。

「不怕，還有，我叫元湘。」不知為何，她也報出了自己的名。

她是該害怕的，害怕這個鬼巫。

「我知道。」

佟凌看著她，她的眼，大而空靈，此時她的眼角微微上揚著，眼神流露出一股像是了然於心，卻又像是在算計著什麼的光芒，那眼，很冷、很冷，看得元湘不禁打了個寒顫。

「沒事早些走吧！孫傑等著你呢！」

元湘心下一愣，快速的轉過身，迅速的離開。

佟凌的眼神讓她害怕，那雙像是看盡一切的眼，讓她惶恐。

而她對一切事物的瞭若指掌，也莫名的讓她驚懼。

跑了幾步，元湘回頭看，卻不見人影，只見很遙遠的那處，有一抹小小的白。

人類沒本事走這般快的。

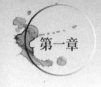

她腦袋一片空白的走著，不知道自己到底走了多久，回過神來，抬頭已見一彎銀月。

滿天的星子就像巨大的布幕，豪邁的披散在夜空。

喀拉！她拉開一扇木門，夏夜的涼風隨著敞開的門襲進屋內，桌上的燈火因風而搖曳，忽明忽滅。

「阿傑？」

「妳今日特別遲，我還以為妳總算自食惡果被那旋龜給傷了。」

夾雜著調侃，孫傑頎長的身影由屋內步出，那因笑而微彎的雙眼，就像外頭夜幕上的星子一樣，明亮，溫暖。

「那旋龜才不捨傷我，不然看誰給牠餵果子去。」

孫傑一眼掃瞪了過去，萬般無奈卻又語重心長。「牠終究是獸，何時傷人，妳我都不知。」

元湘嘿嘿乾笑兩聲。「知道了，不再餵就是了。」

這兩人，從小便是一起長大的青梅竹馬，幼時，兩家長輩樂見他們未來可結為連理，可他們自己明白，兩人間沒有男女之情，可卻是刎頸之交，是願意共患難、同生死的摯友。

再長大些，雙方家中都發生了變故，元湘的娘抑鬱而終，而孫傑的爹外出從商後不曾再回來過。

當初同他爹在外從商的趙揚，隻身一人回到族裡，說他爹認識了妖豔的異族女子，帶著那女子遠走，他勸不了，也無法阻止。

孫傑的娘當晚便在林子裡自縊，身上滿是鮮紅的血，他娘在自縊前，刎了自己手上的脈。

元湘怎麼也忘不了，那時的孫傑，雙手抱著她娘，那臉、那衣，無不是一片腥紅。

在那一刻，她彷彿痛他所痛，苦他所苦。

那痛，強烈的像是一股要衝破胸骨的激憤；那悲，像是窮極一生也解不了苦的咆哮；那淚，更像是這一生一世訴說不盡的懸念。

淚濕著眼，葬了他娘後，最叫元湘擔憂的，是他沒幾日後，就如以往的每一

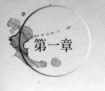

個日子一般和她嘻笑，無所不聊。

她知道，他還痛，很痛，她就是知道，只是他不想讓自己顯得淒，顯得苦。

而他的哥哥也在他母親過世後不知去向，自此之後，孫家，只剩孫傑一人。

而他們倆，更是成了彼此最深的依靠，是摯友，也是家人。

孫傑快速地炒了把青菜，俐落地切了塊風乾的醃肉。

元湘則忙著將炊熟的飯盛上了桌。

在那個家，只要她上了餐桌，一家人吃飯的氣氛就顯得凝重，因此，她鮮少在家，總是在就寢前回家，隔日一早又上工。

「我那日拿來的白米還有剩嗎？」她就如幼時的自己一樣，端菜，擺筷。

「還剩不少，倒是妳，多吃點醃肉，這是趙揚的一片心意呢！」孫傑一面吃著飯，一面語帶揶揄，輕笑出聲。

在族裡，能時常買得起肉的人家不多，多是年節時才能吃上那麼一回。

尤其族裡是禁止私下製鹽的，只能向長老們買。

買鹽所需耗費的貝幣不少，因此，要吃上用大量鹽醃製後風乾，又可放上個一年半載的醃肉，不是尋常人家吃得起的。

「自從趙揚明擺著中意妳後，我三天兩頭吃醃肉呢！」斜瞅著因為困窘而低下頭猛扒飯的元湘，他莫名的心情大好。

「人家家中世代琢玉，代代富庶，又與大長老交情匪淺，多少姑娘巴著嫁他。」瞧了眼她滿布傷痕，還敷著藥泥的手，心下同時又湧起一股不捨。

「嫁他，不必再受這苦。」這話，很切實，很實際。

元湘吃完了最後一口飯放下碗筷。「可惜，不是兩情相悅的愛無法長久。」攤了攤手，沒辦法，她對趙揚，還沒有那種感覺。

「最能斷人情愛的，非沈婆家那對鳥兒莫屬了。說來，咱們也許久不曾去沈婆那看看她老人家。」

「我可想沈婆家那對鶼鶼鳥了。」

沈婆是族裡的說媒人家，養了對鶼鶼鳥，這鶼鶼鳥可卜人姻緣，凡經鶼鶼鳥所算姻緣而結為夫婦的，無不恩愛有加，一輩子不離不棄。

「那對鶼鶼鳥每回都斜眼瞅妳，定是瞧妳瞧得生厭。」

「哈哈哈，瞎說。」

兩人像是忘了這世間的一切苦惱般，一邊相互調侃，一邊收拾碗筷。

那燦燦的笑聲，從屋內流瀉，就像是最清幽的音律，隨著風將這美好送到每一處。

「走了，再晚便不好再去叨擾了。」

兩人在夜空下向沈婆家走去，輕風拂過，樹叢沙沙作響，像在向兩人訴說著耳語。

鏘啷！鏘啷！兩人搖了搖掛在門邊的銅鈴，得到回應後，孫傑推開斑剝老舊的木門。

見了屋內人，不禁有些驚訝。「雲姐？」

甫開門，兩人就見鄭雲和沈婆在屋內，兩人中間的木桌上一對鶼鶼鳥正有活力的輕拍羽翅。

鳥兒赤紅的爪正搔刮著木桌，一身豐沛寶藍色與淺青色交織的羽，正隨著鳥兒的呼吸一鼓一鼓地起伏著，隨著起伏，鶼鶼鳥美麗的羽竟幻化著不同的色彩，不似人間物。

這對鳥兒都各只有一隻翅膀及一隻眼睛，一隻長在左側，另一隻便在右。

鶼鶼鳥，又名比翼鳥，一目一翼，相得乃飛。象徵著人們所歌頌最深刻的愛情，共攜白首，比翼雙飛。

「我爹近日催著成婚呢！我向沈婆討教、討教。倒是你倆怎來了？」

「雲姐和張明給鶼鶼鳥算過姻緣，契合了？」

「自然是契合。」沈婆和藹的聲音透露著喜悅，笑得眉眼皆燦。

來卜姻緣的雙方，必須將兩人的血滴入沈婆準備的穀料中，她會將其拌勻，當作鳥兒的吃食。若鳥兒吃下了這和著血的穀料，並互相餵食，那代表這兩人的每一寸皮骨血肉都契合。

自古以來，血就延續著世世代代的生命，愛的盡頭便是兩人的血互相融合，用源於骨血的愛生生世世將血脈傳承下去。

而鶼鶼，這見證愛情的傳奇之鳥，牠們與生俱來就有辨別骨血是否契合的能力。

若是鳥兒吐出了和著血的穀料，不願吞食，那代表沒有過鶼鶼鳥這關。

她一輩子都養著鶼鶼鳥替人卜姻緣，雖不見得每對要成親的璧人都會來找她算姻緣，可過了鶼鶼鳥這關的佳偶，終其一生，必攜手白頭，不離不棄。

「今早，趙揚來找過我。」吃撐的鳥兒進到木製的巨大鳥籠，跳上木架，沈婆一邊說著，一邊拿著鳥籠走上牆邊的梯子，將鳥籠懸吊在頂邊的掛鉤上。

元湘微訝，倒是孫傑和鄭雲不以為意，彷彿意料之中的事，好似世上只有元湘自己不知道趙揚有多喜愛她。

沈婆蒼老的臉上盡是淺淺的笑，她揚了揚眉，連帶扯動眼角和額際滿佈的皺紋，可這蓋不過她慈祥的眼。「他問我如何能讓妳答應同他一起卜姻緣呢！」

鄭雲曖昧的推了推她的肩「湘湘，卜卜何妨？」

「我聽聞過去有多對原不相愛的佳侶，因為經鶼鶼鳥卜血契合而成婚，成親後發現真是天賜良緣，慢慢的，也就相愛，攜手一生哪！」孫傑在一旁連忙答腔。

「他說的是真的。」沈婆確實有遇過這樣成親後才愛上彼此的愛侶。

她踟躕了會兒。「那……就找個日子試試吧！」元湘本就是耳根子軟的人，禁不住大家你一言、我一語的勸說，哪裡能不答應。

「自小我便抱著妳把屎把尿呢！還伴著妳讀醫書到現在，妳要真嫁了，我定不捨啊！」

鄭雲吐出感嘆，自小，她就伴著湘湘和阿傑，三人總是一起讀書、一起吃飯，感情好得不得了。直到湘湘家中生變，她每回心裡悶了，更是三天兩頭來找她讀醫書，或許在她的內心深處，是想明白更多醫理，好彌補自己的不足。

「雲姐，我倆八字還沒一撇呢！何況妳大上我三歲而已何來把屎把尿？」

「雖只大上妳三歲，可妳小時愛啼哭都是雲姐抱著哄妳呢！妳可不像我如此乖巧。」

「你們三人都比不上我老婆子，切切實實地看著你們長大呢！」

小屋內，四個人談得熱切。

「孩子們聽著。」只見沈婆忽然清了清嗓，嚴肅了起來。

「有件事我不得不提醒你們。」

她看向元湘和孫傑。「湘湘和阿傑感情再好，終究有男女之別。」

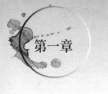

看著眼前一起長大，感情友好的孩子，沈婆語重而心長。

「平常沒事兒，是大夥都明白你們是感情好的朋友。」

沈婆頓了一下，又繼續。「可若是有人看不慣暗中做些小動作，族規是不會置之不理的。」

代代都是說媒人家，她很清楚這情情愛愛徒惹的無端是非最多，也最是防不勝防，不知怎的，她總有不好的預感。

「族裡未成親而被判定淫亂之罪的人，可要處杖刑的，你倆要當心。」

元湘和孫傑心領地點點頭。「我們會注意的。」

沈婆眼裡湧現一絲絲激動，她無法解釋心中那股忽地襲來，強大且洶湧的不安是什麼，只能依著自己的感覺提醒著這些後輩。

在眾人皆沉浸夢鄉的這夜，倏地下起了一陣暴雨，一景一物因為強烈的風雨而晃動扭曲，掙扎成妖異的夢魘，嗚咽著為不幸的悲曲唱下了第一個音符。

這方，醒著的佟凌佇立在窗前，想起百年前那個心痛欲絕的夜，一向對人冷情淡漠、袖手旁觀的她，在這驟雨的夜，做了個決定。

第二章

清晨，薄霧濛濛，鳥語唧唧。

天還未亮，她已經從床上爬起，穿好了衣，整好了長髮，推開房門，走向前廳，準備上工。

「湘湘。」

她愕然，忽然覺得這聲呼喚好陌生、好遙遠，她已經想不起，在這個家有多久沒人這樣親密地喚她了。

平時雖大哥起得最早，但也甚少同她說些什麼。

「大哥？」

元炤看著她，開口想說什麼，但話到嘴邊又吞了回去，欲言又止。但隨即又像下了什麼決心一樣，調整了呼吸，看著她。

「讓妳去做傜役，是我們不得已的決定。」

「我知道。」她心口微抽，驀地一陣酸澀，嗓子有些瘖啞。

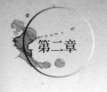

元炤健壯的身軀不明顯地顫了顫，因為經常上山採藥兒變得黝黑但五官分明的臉顯露一絲苦楚。

他凝視者元湘，那眼神有著不捨、有著歉疚。

「你一直都是我們的妹妹，是爹的女兒，是我們元家兒女。」

她怔然，好似聽到自己漏跳了一拍的心跳在耳邊迴響；她激動，有千言萬語卻什麼也說不出。

「爹他……只是不擅於表達。」他知道如果這個家還想重回過去的和樂，就必須有個人出來解釋清楚。

聽著大哥一字一句地說著，將這些年他們的無奈、他們的不知所措和他們的不得已，都娓娓道來，她聽著、聽著，眼眶已朦朧。

她抽了抽氣，死命想把淚水逼回去，她從不是愛哭鬼。

即便如此，淚水還是不受控制的流淌。

原來，過去幾年她都錯了；原來，她沒有失去過自己的家人。

她現在才知道，過去娘的事情，爹和哥哥雖曾受過打擊，但是他們還是愛她的。

否則，爹不會老在她累得睡著時進來摸摸她的頭，慈愛地看看她；否則，大哥不會時不時特地起個大早，總找機會經過她身旁，只為了聽她的脈象，怕她把自己給累病了；否則，二哥不會偷偷的在礦場周圍種下可止血解痛的藥草，方便她受傷時去採。

好多好多的事情，原來都不是偶然，都是他們對她迂迴的愛，拐著彎表達的重視。

把家人抗拒在外的，一直是她自己的心，是她的愚昧造就了這樣彼此疏離的情況。

思及此，淚更是如雨的流，無法停止。

仔細想想，若他們不愛她，也不會年年替她繳上那繁重的稅物，她知道，這次，是真沒辦法。

大哥擦了擦她的淚，那手，好暖、好暖。

「我們是家人，我們希望可以找回過去那活潑愛笑的湘湘。」

大哥富有磁性又輕柔的字字句句，是滴落她內心深潭的水珠，點點擴散，讓她內心的那片死水有了生氣，重拾了希望。

「晚上，回家吃飯吧！」

她破涕而笑，重重地點了點頭。

原來，最難解的題，只是因為自己不願打開心鎖去面對。

都是家人，只要有人先破了這冰，就很快的可以溫暖一室冷寂。

出家門後，她看了看天色，加快了腳步。即便很趕，但心裡仍暖暖的。

快到礦場時，見到了迎面而來的人，她漾開了笑靨。

「趙揚哥。」她揮了揮高舉的手，有朝氣地問候。

趙揚微長的髮用繩帶簡單地繫在腦後，他高大挺拔的身影遮擋住了一處陽光。

「早。」看見了她，他不自覺地挺直了背脊，那雙清澈的眼有著顯而易見的靦腆，連說話都顯得有點侷促，像是隨時都會咬到自己的舌。

雖出生於富庶的家族，但他身上沒有紈褲子弟的那股驕氣，他是個只知道實實在在地做事，踏踏實實生活的人。

「我一會兒要出發到另一座山的部族談生意的事，需要一些時日才能回來。」

趙揚嚥了嚥口水，又鼓起了勇氣。

「不知道我回來後，能不能給我個機會，到沈婆那卜卜姻緣？」

為了能成為一個有擔當的人早日成家立業，他很早就跟著父親學家族裡生意的事，如今他已能獨當一面，要不是這筆生意太過臨時匆促，他也不想等到回來後。

他一直很喜歡元湘，從幾年前就注意到她了，只是一直沒有勇氣多去攀談。隨著時間過去，很多她這年紀的姑娘都成親了，他知道自己沒有時間再拖下去，才鼓足勇氣開了這個口。

「嗯……試試無妨。」

從很多人的口中，她知道眼前的這個男人喜歡她，但是在毫無心理準備的情況下，面對如此曖昧的話語，她難免有些羞，但若由鵜鶘鳥卜算他倆能契合，試著相處看看也行。

礙於時辰不早，匆匆地和趙揚道別後，來到礦場的元湘囫圇吞棗地吃了張琳做的梅香飯糰和醃菜，滿足地打了個飽嗝。

還沒有時間能稍稍喘口氣，馬上旋龜就運來了一車車的礦石。

大家開始馬不停蹄地幹活兒，沒有一刻能閒下來。

今日太陽異常地熱辣，每個姑娘都汗如雨下，淘著礦石的手都像要給炙傷。

元湘的腦袋開始昏昏沉沉，身體也有些不聽使喚微微搖晃，時不時的想乾嘔。

「元湘，妳先到一旁歇著吧！怕是中暑了。」張琳看得有些擔憂。

「這樣吧！我到林子裡的小池洗把臉，順道摘些野果給大夥兒解解渴。」

她不想給大家添麻煩，但她真的有些撐不住。

「當心些，用不著急，就快到午時放飯時刻了，慢慢來。」這兒的姑娘們感情都挺不錯，也都熱情又善良，能彼此照應的。

她感激地笑了笑，撐起虛弱無力的身體，有些吃力地走入林子裡。

找到了小水池，她掬起清涼的水沾了沾臉和雙手，讓暑意散去。

稍稍休息後，又到後方的果樹叢裡，採了些甜瓜和汁液豐沛的野果。

小心翼翼的捧著瓜果回到礦場邊，正巧碰見午前最後一列運送礦石的旋龜。

匆匆一瞥注意到那隻她熟悉，並有著鮮黃色的細羽，脾氣又拗的旋龜，正有些蹣跚的緩緩走著。

她看到那隻旋龜的四肢有些乾裂，後頭長長的蛇尾無力地垂下，還微微滲出了血，像是太長時間都沒有休息，不斷運著礦車，不堪負荷。

不只是人，連獸，也活得如此苦，不得安生。

她急忙將採來的果子分送給正在休息的姑娘們後，又快速的拿了顆野果，想追上那隻旋龜。

牠終究是獸，何時傷人，你我都不知……。

她跑著，耳邊的風聲夾雜著孫傑的警語。

他的話言猶在耳，她沒忘，可即便是獸，她也不忍看牠被折騰得不成樣子。

一次就好，最後一次。

疲憊的牠走在隊伍的最後，和同伴們脫了隊，元湘追上了牠。

她像往常一樣，摸摸牠布滿柔羽的頭。「乖乖，渴不渴?吃些果子吧？」

旋龜低下頭嗅了嗅她手上的野果，赤紅又尖銳的鳥喙嘗試性地在野果上啄了啄，隨即像是厭惡般抬起頭尖銳的長聲啼叫，倏地用頭重重地撞掉了她手上的野果。

「怎麼了？怎麼不吃？」

不經意的，她瞥見牠的蛇尾，她迅速的繞到牠身後查看牠的傷勢。剛剛微微滲血的部位，因為行走而不斷在石地上摩擦的關係，鱗片都給磨掉了，底下的雪白皮膚也被尖銳的石子給劃破，露出裡頭粉色的血肉，其中還夾雜著大量泥沙。

「你肯定是太痛了才吃不下吧？」

眼看著這樣下去不行，傷口肯定會潰爛發膿的，她迅速拿出隨身攜在懷裡的藥草泥，抹上旋龜的傷口處。

可毫無預警的，旋龜忽然一陣惱怒，抬起頸子仰天長嘯，那啼聲之大，像要震碎周圍的礦山，震飛的礦石似如崩雲，霎時間，天地驟變。

迅雷不及掩耳的，慘劇在瞬間發生，旋龜揚起那長而有力的蛇尾，用力向元湘甩去。

她被甩飛在碎石子地上，背部一陣劇痛，隨即，右胸口處傳來一陣可怕的疼痛。

這一切，猝不及防。

她面無血色的仰倒在地，恐懼的看著穿透自己右胸前的蛇尾，雪白的蛇尾隨即抽了出來，上頭沾染了她的血，旋龜仍在憤怒的仰天長嘯。

元湘大口大口的喘著氣，一股刺鼻的血腥味竄入鼻腔，她想站起來離開，可她辦不到，她只能痛苦的用指甲抓著地，試圖施力移動自己，離牠遠一點。

鮮紅溫熱的血，不斷從她的胸口汩汩淌出，流了一地，染紅她的衣，染濕她才紮好的髮。

呵……她淒苦的笑了笑，這就叫作自作自受吧！不聽勸的結果。

湧現的劇痛，逐漸抽離她殘存的意識。

風，好像停了。

她聽見了尖叫聲、聽見人群奔跑過來叫她名字的聲音，聽到了獸師的怒吼，好像一切都變得混亂。

那些聲音，怎麼好像越來越遠了？

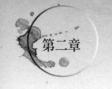

錯了，她錯了，是她的執意害了自己，給大家添麻煩。

她要死了嗎？就這樣死在這裡嗎？

不，她不甘，她才與家人盡釋前嫌；她才與趙揚約好下一次的相見；她才和阿傑及雲姐說好要看看這世界的萬千風景。

正午的陽光直直的灑下，倒在血泊中的元湘卻感覺不到一絲炎熱。

在悔悟中，世界在她眼底變得模糊，最終，黑暗襲來。

時間，也靜止在這一刻。

絲絲雲氣從周圍的山澗間魚貫而出，和著疾嘯的烈風，揉合而成一道雲流。

雲流在失去意識的元湘身邊逐漸幻化，化成了清冷的白衣女子，是她，佟凌。

風，吹著，可她的髮，卻不興波瀾。

「沒人會感謝誰的善心的，何況是獸。」

她冷眼看著幾乎要死去的元湘，眸光卻流露出一絲複雜的情緒。

佟凌想起了好久好久以前，也有個人，不，他不是人，也是如此奮不顧身，只為她。

倒在地上的這女人的傻，好像他。

可再像，終究不是他。

青草如小浪，隨著沙沙的風搖曳著，上頭的小白花，兀自清新，甚至沒沾染到一滴血。

佟凌撫了撫小白花。「瞧，這花兒多像妳，兀自堅強，百折不撓。」

她嘆了嘆。「可惜妳不像它冷眼旁觀這世事無常的風景。」

「所以，還能神采奕奕感受到陽光的是它，不是妳。」

像是嗤笑元湘的天真，又像是憐惜她的遭遇，她將小花放到元湘身旁。

雲流又起，虛無飄渺，很快的，來人消失無蹤。

周遭又恢復了混亂的嘈雜。

※※※

元湘胸前的大窟窿，教眾人看得心驚。

即使眾醫者已經傾盡全力先行止血、治療，但傷勢太重，情況很不樂觀。

她躺在自家的床上，小小的房間，周圍卻是滿滿的人，族裡的醫者都在這了。

「爹，您快救湘湘啊！拜託您再試試。」鄭雲搖著她爹，哭喊著。

「伯父，拜託您，若連您都救不了，湘湘真的就要死了。」孫傑含著淚水的眸，如此痛苦，如此哀傷，心，像被烈火焚燒著。

鄭楓雙手沾染著已乾涸的血，悲慟的搖了搖頭。

「老夫真的盡力了。」

「拜託你，救救小女。」

斑斑白髮的元彭，忽地跪下，疲憊而無力垂下的眼，顯露著激動，他哀慟的臉，早已老淚縱橫。

元炤和元玠心中震顫，銜著淚，兩個高大的身軀也跟著跪在父親身後，懇求著鄭楓。

「伯父，求您再試試，救救湘湘。」嗓音，喑啞而顫抖；淚水，滴濕了布衫。

在巴朗族裡，除了軍中的巫醫，醫者之家就只有兩家，元家和鄭家。

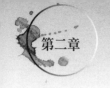

元家主要是聽脈辨症，專主診治病症、針灸療治，以及開藥帖。

鄭家主要是手術醫治，專主腸癰、五臟潰爛等需要劃開皮膚，切除內臟的治療。

而元湘的狀況，元家自然無能為力，只能把希望放在鄭家。

又過了一個時辰，再次努力的鄭楓，無力的放下器具，搖了搖頭。

「她活不過今晚。」語音哽咽，幽幽慘澹。

不——不——不！滿室哀戚，哭喊淒切。

「不！她不能死，也不會死！」孫傑赤紅著眼，重擊般的痛，從胸中、從肺中像無情的怒滔洶湧襲來。

他摸摸元湘的髮，淒厲的哀號。「妳不會死！我不會讓妳死！說好我們三個還要看遍萬水千山的！說好要一齊開學堂的！還好多事沒做成怎能離去！」

一旁的鄭雲，早已泣不成聲。

孫傑攤坐在地，內心的恐懼激狂的咆哮。

淚，如燒紅的銅液，滴落心口，炙燙了心肺，心跳幾乎要停止。

頭，悶痛的要裂開，思緒千迴百轉。

救她，得救她，但誰能？誰能？究竟誰能？

一道思緒霎時掠過他的腦海，他想起了元湘曾經提及的那個白衣巫女，元湘說過她定不是凡人。

既然人救不了她，那他就去找那巫女。

「我要帶她去找那巫女。」說罷便要抱起元湘。

「慢著！」眾人阻止著孫傑，不讓他衝動誤事。

「你竟要帶她去找那個鬼巫？那她還能活嗎？」元玠氣憤的一把推開孫傑，他踉蹌的撞上一旁的牆。

「你瘋了！那鬼巫吃了村裡的孩童，絕非善類，你要是去了連你都回不來！」元炤簡直不敢置信，一向溫文理智的他居然想出了這荒謬的法子。

「沒人能救湘湘，剩下唯一的可能只有那鬼巫！」

他緊握雙拳低聲咆哮，隨即立刻跑出門外，一路瘋狂奔去。

他得找那巫女，再危險都得去，他沒有選擇。

他跑在崎嶇的小路上，越接近那巫女的家，路越是蜿蜒，他一路跑向族裡最邊緣之處。

到了崖邊，巫女的家就在這裡，他見到了天際的橘紅色雲流，還有遠方的峻嶺，美得令人嘆息，卻也鮮艷得顯露幾許妖異。

無暇顧及其他，他倉皇的搖了搖門上的銅鈴，鈴聲鐺鐺作響，卻沒人應門，顧不得禮節，他急切的推門進屋。

「有人在嗎？」

他環顧了只有簡單擺設的屋內，桌椅幾乎一塵不染，窗邊還種有幾盆桔梗，巫女的家，和他想像的不一樣。

他環顧了四周，注意到屋裡的內側，還有一扇門。

正要朝那扇門走去，那門卻忽然開了，一個很白，幾乎要和她的衣一樣白的女人走了出來。

佟凌瞪著這個闖入她家的不速之客，呵！奇了，這個村的人，沒人敢靠近這兒，膽敢走進她家的，他倒是頭一個。

「我是孫傑，唐突打擾我很抱歉，但有件事想冒昧請求您幫忙。」

看著他，她看到了他的來意，她突然笑了起來。

他猛地抬眼，對上了她的眼，那眼，幽深得探不著底；那笑，讓寒意從四肢攀爬上腦門。

「你要我幫你什麼？」她明知故問。

他想轉身逃走，但他不能。

心口的抽痛，提醒著他來到這裡的目的。「想請妳救救我的朋友，她的心窩受了重傷，族裡的醫者救不了她。」

「我為什麼要救她？」佟凌露出白牙，帶著惡意的笑。

這句話很柔、很柔的滑過他的耳，卻教他體內竄起一股惡寒，動彈不得。

她不願，她不願救湘湘，他該怎麼辦？

「我不知道……不知道……求妳救她，求妳救她……求妳。」

他無法自己的嗚咽出聲，無助的、痛苦的、絕望的低泣在這小屋裡繚繞不絕。

「憑什麼因為我有能力，我就要救她？我有什麼好處嗎？」她仍然不放過他，美麗的嘴角浮現一抹諷笑。

此時此刻，他忽然覺得自己好沒用，除了教孩童讀書，他什麼也不會。

他該拿什麼來說服這個巫女？他除了自己的一條命外，一無所有。

「妳要我做什麼我都願意，連命也可以給妳。」他垂下頭，不抱任何希望的顫聲說著，他沒有任何籌碼可以說服她。

她笑了，笑得猖狂。「我要你的命做什麼？就算全村的人都死在我面前，我也不痛不癢。」

這就是人類情感的羈絆嗎？這就是生死與共的患難真情嗎？她倒是想看看可以做到什麼程度。

「很好，我可以救她，我只要你所有的貝幣。」

他愕然的抬起頭看著她。「當真？只要給妳我所有的貝幣，妳就願意救她？」

「沒錯。但我先提醒你，數月之後就是繳交稅物的時刻，到時你必然繳不出來，你會進到族裡最深的地獄、最惡名昭彰的戰兵隊。」

她停頓了一下，又補充：「不許其他人替你繳稅物或代你進戰兵隊，只能你去。」

他不知道這女人開出這條件究竟有何用意，但他可以清楚看見她眼底的戲謔

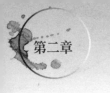

和一絲壓抑住的期待，他幾乎可以確定她只是想看好戲。

「我答應妳，請妳救她。」沒有一絲猶豫，不用任何的思考，他一口答應。

「如果不是受過訓練的兵，因為徭役進到裡頭的百姓大多數都因為嚴苛的訓練和意外非死即殘，為何你可以答應的如此決然？」

「我進去戰兵隊，不見得會死，可今日若不救她，她必死無疑。」

他咬著牙，晶亮的瞳孔恍若暗夜的明燈，今日的允諾，他絕不悔，只慶幸還好這巫女肯救湘湘。

「如果你沒遵守約定，我會知道的。」她不冷不熱的警告。

接著她也不囉嗦，直接領著他到屋裡的那扇門後，門裡居然別有洞天。

裡頭有一整片的青青草地，還有各種他看過和沒看過的植物，只見她拔了幾朵像是火鶴花，但卻呈現詭譎淡藍色的花朵。

「抓住我的袖，不許放手。」

他聽言的抓住她的袖。

只覺忽然一陣耳鳴，自己像是以高速被重重拋過一座山嶺般，他和佟凌竟回到元家。

詭異的是周遭竟一個人也沒有，不只屋裡沒有，屋外也沒有，整個村裡的人忽然間都消失了。

只見佟凌將那幾朵淡藍的花朵，放到缽裡搗成汁液，又從懷中取出烏黑的粉末，倒在汁液裡一同拌勻。

接著將呈現藍黑色的汁液，全數傾倒在元湘胸前的血窟窿上，並用小刀劃破自己的指頭，將她的血滴了一滴在傷口上。

緊接著她以手在她胸前結印，喃喃吟唸起冗長的咒語。

只見原本嚴重的傷勢血肉竟慢慢開始癒合，就像是有強韌生命力的藤，纏繞著一旁的筋肉快速的交織著，一點一點，直至剩下結痂的傷口。

他不可思議的望著這超乎常理的一幕，直到佟凌停止動作。

「你床底水缸裡的貝幣我取走了。」淡淡丟下這句話後，她隨即消失無蹤。

他低低苦笑，這巫女連他貝幣放哪都曉得。

不消多久，鄭雲、鄭楓、元家父子都出現了，族裡又恢復了平常的樣子。

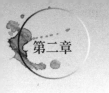

每個人看著元湘結痂的傷口都不可置信，孫傑將佟凌如何救回她的事和大家詳說。

「老夫在此代小女謝過了。」元彭激動的欲下跪謝他。

「伯父，不可。」他扶起元彭。

「對不住。」剛剛還推了他一把的元玠一臉愧疚，但隨即又像是想到什麼，一把抓住孫傑的衣領。

「那鬼巫怎麼可能沒事救湘湘？」

「好了，你先別激動，放開他。」擔憂的鄭雲要元玠先別激動放下手，女孩子家的直覺讓她覺得事情不會就這麼完了，她轉頭看向孫傑。

「你該不會應允了那鬼巫什麼？」

「就……一些代價。」面對眾人的逼問，他不得已只好說了和那巫女的約定。

「那該死的巫女。」怒極的元炤一拳捶上木牆。

「他媽的，稅物我替你繳，戰兵隊我代你去！自己的妹妹哪有要你犧牲的道理。」

鄭雲重重的打了元玠的頭。

「你傻啦！孫傑剛剛才說那巫女不准任何人代他。」

「那我就日日守在孫傑旁，有危險時我可以幫他一把，我怎樣也比他強壯，打架也沒輸過。」

鄭雲又揮掌用力打了他的頭。

「戰兵隊說去就能去的嗎？」

大家頓時陷入了愁雲慘霧，直到月娘悄悄爬上夜空，醒來的元湘喚回了大家的注意力，眾人強顏歡笑的吃了頓飯，誰也沒和她提起孫傑和巫女的約定。

第三章

招搖山北方，夾帶著泥沙混合著血腥味的夏風吹來，捲起一地黃沙，卻吹不散濕熱的黏膩感。

孫傑拿掉頭上的帽盔，無力的倚著岩洞邊而坐，身上穿的鎧甲讓他消不去身上的熱，汗水浸濕了裡衣，不斷吹來的熱風讓他不想花力氣移動半分。

上午嚴厲的訓練剛完結，午時的餐飯他沒能吃下多少，隨意喝了幾口米粥，用水抹了把臉就到這歇息。

來到戰兵隊月餘了，他只覺得嚴厲的訓練生活讓他有些吃不消。

當初那巫女的話果然不假，她救了湘湘之後，確實取走了他所有存積的貝幣。那個冬天，他繳不出稅物，加上族裡正擴充軍力，族裡的男丁大多數都被分派到軍營，他則如那巫女所言被分派到戰兵隊。

戰兵隊的兵主要得在族裡四方的最前線駐守，常常會受到外族出其不意的攻擊，直接騎著惡獸攻打進來的獸騎兵也不少。

因此，若遇襲擊，戰兵隊的死傷通常最為慘重。

要能即刻發現朝我方行來的軍隊得仰賴弓兵，弓兵主要高駐於土牆之上，一旦發現敵軍便會派人傳告，同時聽將領指揮，必要時直接攻擊敵方。

而戰兵隊之所以被稱為地獄，就在於嚴厲的操兵、無情的懲戒和隨時可能失控的獸。

在這軍營裡能生存下來的人，只有身強體壯的人，受不了這裡生活的人都死了。

高真，是和他一同進戰兵隊的夥伴，家中是做刻印的，同他一般，沒能繳上稅物而來。

在一回的列陣嚴訓中，大夥舉著盾，著厚重鎧甲，刺著長槍，負重數十斤，他忽然犯了哮喘，在將領面前倒下，不能自己的急喘。

在戰兵隊，不是在戰場上倒下的兵，沒資格得到救治。

看著高真倒在沙地上，他那時只想過去幫他，但不知道是誰使勁扯住了他，要他別妄動。

只見將領高高舉起了鞭，重重揮下打在他的背。

本就瘦弱的的高真，捱了這重重的一鞭，隨即吐出一大口鮮血，染紅了黃沙。

「起來！」嗓音之宏亮，在這個山谷裡，迴響震天。

他在地上激烈的抽搐，雙手抓著染得腥紅的石子想使勁站起來，嘴裡塞滿和著血的泥沙，只見無情的將領又舉起鞭，這一次，重重的朝著他的頭揮下。

抽搐停止了，高真大大睜著的雙眼，訴不盡他的怨。

「弱者，唯有死。」將領警告的宣告。

隨即，將領下了指示，有個高壯的男人拎起高真的屍首，走到鋼甲野犀的所在處，扔了進去。

幾隻鋼甲野犀發出野性的獸嚎，快速的上前撕裂了他的身體，吞食入腹。

這就是戰兵隊，在這裡，活人沒有尊嚴，死人更什麼也不是，只能是騎獸的食物，連要個墳都是癡心妄想。

不知道湘湘的傷好了沒?他恍然出神的想著。

約一個月前，他將要進戰兵隊時，她知道了，知道這一切。

「你是講學先生，你的手是提筆研墨的，如何能殺敵自保？」

她又急又氣，氣他的衝動，說他不能進戰兵隊，說他不是訓練有素的兵，不能冒這個險。

她漏夜而來，只為了要他別去，她說她要去找長老們談，用她幾年的徭役換他這一年，他的苦，她要代他償。

可惜，規矩就是規矩，這事沒談成，反遭趙揚的妹妹趙晴瞧見她夜奔男子住處。

趙晴老早就看不慣元湘對趙揚的示好總沒放心坎裡，想替自家兄長抱不平，憑藉著家族和大長老有幾分交情，上大長老那告上一狀。

這事傳了開來，勢必不可不辦。

族法明定，未許婚配女子夜宿男子住處、不守婦道之女處杖刑。

就這樣，元湘的背挨了一杖。

族裡的兵一旬才能回家一趟，上回看她還傷著，只能趴臥在床板上，不知現在可好？

聽說脾氣溫和的趙揚對趙晴發了頓好大的脾氣，更時不時拿些補食到元家去照料湘湘。

有族裡兩大醫者之家的照料，和趙揚對她的照顧，她應該不礙事了。

一聲大喝忽然響起，打斷了他的思緒，他回神看見四周的人都立刻停下手邊的事快速跑到集合的空地，他不敢怠慢，迅速戴上帽盔，整頓好自己，回到隊中。

只見將領站在最前頭，一旁站著一位拿著竹簡的兵。

他聽著發現現在是要將他們這些兵分配到不同的兵種。

巴朗族的兵種大約可分為步兵、弓兵、車兵和獸騎兵，其中獸騎兵雖然具有強大的殺傷力，剛強且迅速的戰力是他族的獸騎兵比不上的，但也因為鋼甲野犀性子蠻野，隨時可能失控，時常造成獸騎兵的死傷，折損的兵力不少。

命運的嘲弄似乎永無止盡，當宣布孫傑為獸騎兵的那一刻，他只覺得自己渾身一涼。

念頭乍起，逃，他想逃，充滿野性、毫無人性的獸不是他能駕馭的。

但念頭一轉，不能逃，絕對不能逃，試圖逃跑的人下場只有一個，死，不留全屍。

他永遠也忘不了，曾經有人夜半試圖逃跑，隔天一早，就在所有的兵眼前，那人被剝個精光，五花大綁在豎立的木上。

接著，那狠戾、無情的將領，竟要每個兵抽起配劍，輪番上前，削下他一片肉。那一聲聲淒厲的嘶吼，聽得他膽顫。

在那長長的隊伍中，他拿著銅劍，抖著雙手，多想永遠別輪到他，希望將領趕快喊停。

輪到他時，那畫面令他幾乎招架不住，那人早已沒了心跳，皮膚一絲也不剩，渾身血紅，他清楚看清他的白骨、殘存垂掛在其中的肌理和五臟，被割下的肉就堆在一旁，像座小山。

他忍住欲嘔的衝動，穩住抖得厲害的手，牙一咬，削下他一片手臂肉。

之後，那些削下的肉同樣進了鋼甲野犀的肚，那具殘破的屍身在烈日下曝屍三日，警告著所有人，這就是逃跑的下場。

那天起，他不斷的嘔，嘔得連酸水都吐不出了。

那幾天，每餐的餐食他都食不下嚥，可他逼自己吃，若不吃，就沒氣力，沒了氣力若捱不過每日的訓練，他很清楚下場是什麼。

宣布完所有的兵種後，各自依不同的兵種帶開，那像從無間地獄來的惡鬼將領，領著他們一行人到鋼甲野犀的囚禁處。

那是一大片地上鋪滿細石礫的地，那裡有一個個金屬的牢籠，每個牢籠裡都有一隻鋼甲野犀。

鋼甲野犀的體型約是馬的三倍大，身上布滿一片片堅硬不摧的鱗片，可抵擋武器的砍殺，鱗片的色澤青中帶點銅紅色，眼睛下方處有一根尖銳、微向上彎曲且長數尺的犀角，犀角可狠戾的刺穿敵人的胸。

聽聞曾有鋼甲野犀一口氣刺殺了五名敵兵，五具屍身就這麼交疊的串在犀角上，敵兵見我兵有如此強大的獸，連忙撤退。

低沉而威嚴十足的嗓音傳來。「眾獸騎兵注意！」

所有人挺直背脊，不敢妄動。

將領掃視了眾人一回，清了清喉。

「記住！永遠也別站在鋼甲野犀的前方！要能駕馭野犀，必須下盤要穩，拿好你的盾，拉好韁繩。」

「最重要的是……」

將領稍稍停頓，從鎧甲內側的衣袋取出一個尖錐狀的物體。

「保管好你的戰魂香，在鋼甲野犀不受控時，你們得迅速讓牠聞此香。這種香能安牠的魂和心神，很快會乖順下來。」

所有人盯著將領手中那青草色的香，訝異原來要讓獸聽話的關鍵在於此。

「眾兵聽令，每人依編號找到你的那隻鋼甲野犀，這幾日先學著駕馭好牠，十日後要騎著獸聽命列陣！」

孫傑循著編號找到自己的那隻野犀，牠的鼻正用力噴出氣息，眼露凶光的瞪著他。

即使四周有許多老練的獸騎精兵一邊四處巡邏控制場面，一邊教導新兵，但他還是很不安。

「拿起你的香，從牠的頭上方慢慢往下到牠的鼻讓牠聞，千萬別從下方，以免遭到利齒咬傷，像這樣。」

巡視到此的精兵宋洋友善的拿起戰魂香，示範著將香由上方慢慢湊近野犀噴吐的鼻息，很快的，只見那野犀收斂起凶光，不再像方才那般劍拔弩張。

這時宋洋打開牢籠，將獸牽了出來。

「別擔心，就像騎馬一樣。來，你踩著這足蹬上鞍。」

孫傑小心翼翼的照著指示坐上了野犀背上的鞍。

「拿穩你的盾，抓好轡繩，穩住下盤重心。沒事別去動牠的絡頭，牠會不開心的。」

「對，就是這樣沒錯，你開始掌握住要訣了。」

孫傑跟著宋洋練習了一下午，已經大概能駕馭這頭獸，剩下的，就是多跟牠培養感情，讓牠認得他。

「獸無人性，可若牠能在傷你的瞬間認得你，那怕是一秒的踟躕，都是保住一命的關鍵。」

他牢記著精兵和將領所說的每一句話，在這裡，不允許任何的閃失。

日子一天天過去，有天夜裡，忽地號角大響，四周混亂著，響亮的命令聲不絕於耳，有敵軍夜襲！

孫傑在混亂中快速的全副武裝，抄起盾牌和配劍，依著命令指示趕到馴獸場，找到自己的那隻獸，準備上戰場。

敵兵夜半突襲，尚不明白究竟是哪個部族。

土牆上的弓兵會率先從高處以火箭攻擊敵兵，之後獸騎兵必須到最前線攻敵，後頭有車兵和步兵死守族門，支援在後。

孫傑騎上鋼甲野犀，跟著隊伍匆匆來到最前線，前頭的狀況混亂且恐怖。

弓兵點上火的箭朝著敵軍疾射而出，好幾處著了火，好幾把箭射中了他們的坐騎，可怕的猛虎猛地狂嘯，四處衝撞，在這個殺戮的夜更顯得嚇人。

我軍也沒多耽擱，鋼甲野犀群聲怒嚎，一大群獸騎兵殺氣騰騰的攻了出來。

一時間，殺聲震天，兵戎交錯。

孫傑死命保持冷靜，一手緊握盾牌，擋去漫天襲來的箭矢，一手抓牢銅劍，看清敵軍刀劍襲來的方向，準確的抵擋、回擊。

每一計攻擊的強烈，震痛了他的手，他忍痛，沒敢鬆懈，跟上我軍的步調，一步一步紮實的往前攻。

經過漫長的混戰，察覺座下的獸有些浮動，他趕緊拿出戰魂香讓牠嗅了嗅。直到箭矢不再襲來，敵方的攻擊漸緩，甚至慢慢停止。

以為對方終於兵力耗盡，準備投降，可遠方突然出現了一整長列的黑點。直至黑點迫近，大夥才看清那是一列渾身包裹著黑布衣的騎兵，他們都只露出一雙眼，正騎著黑色駿馬不疾不徐的緩緩而來。

我方的將領騎著鋼甲野犀來到最前方，高聲放話。

「來者何方？速速棄械投降，可從輕刑處。」

渾身黑衣的騎兵停下，兩軍的距離，近在咫尺，誰也沒有發出一點聲響，霎時間，風沙滾滾，一股肅殺之氣油然而生。

將領很快的發現情況有詐，高聲令下：「攻！」

孫傑和其他弟兄們聽令往前攻。

風沙吹得眾人幾乎無法直視前方，在那瞬間，整片沙塵忽然成了詭譎的青，越來越濃烈。

「有毒！」厲聲的嘶吼拉回了他的思緒，他想要回頭遠離那片青沙，可來不及，青沙順著疾風沾染了每個人的身。

在那瞬間，他以為他要死了，可青沙襲過了他的身，向後飄揚而去，他一點事也沒有。

正當大軍咆哮著開始舉劍欲向眼前這批黑衣人砍去之時，鋼甲野犀突然高高舉起前肢，奮力甩掉了背上的兵。

十隻、二十隻，越來越多的鋼甲野犀失控，每個兵都趕緊拿出戰魂香想讓牠們緩和下來，但竟然一點用也沒有。

牠們舞動著鋼利的犀角，胡亂攻擊，有力又長著利爪的腳，踩死了好幾個兵。

震天的淒聲哀嚎傳進了孫傑的耳裡，他被甩到了地上，他舉起劍奮力的刺向牠們，可野犀的鱗片堅硬不摧，他只能狼狽的閃躲一大群發了狂的鋼甲野犀。

鮮血不斷的噴灑在破曉的晨曦中，孫傑的臉沾滿了血，沾的是我軍弟兄們的血，他不斷在地面上翻滾著閃躲殺人的利爪和犀角，手腳都給磨破了大半。

很快的，混亂的哀啼聲變少了，前方的黑衣騎兵這時有了動作，算準了風勢，他們朝著我方又灑出大量白色粉末，化作千堆雪鋪天蓋地而來。

一切發生地太快，他看見他四周的狂獸倒下，其他的兵也受到藥力的侵襲一一頹倒，他的意識開始模糊，眼前也變得朦朧，只依稀聽到有人狂吼著撤退，但他退不了，他動彈不得，在徹底失去意識之前，他看到疾奔而來的一抹黑將他撈起，帶往他方。

我軍迅速撤退，昏迷被俘的兵就這麼被掛在馬上，黑衣騎兵擄走他們向遠方奔馳而去。

這裡寒風森森，幾乎寸草不生，被擄回的兵被關在岩洞深處，洞口以牢固笨重的石門封起。

「喀喇尊，這些兵該如何處置？」黑衣騎兵的將領，完蒙煉恭敬的請示。

被稱為喀喇尊的男人高大得嚇人，披散著粗黑的長髮，讓他看起來多了幾分野性，精壯的手臂負在身後，來來回回徐徐踱步著。

「全當藥人，試驗新藥的成效。」

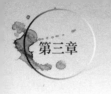

喀喇尊冷絕的瞳眸在森寒的白晝熠熠有光，一切都在他的計劃當中，他感到滿意。

「今日也算是有收穫，又多了一批藥人，待確認新藥的成效，再進行下一步。」

他冷目看著窗外凍寒的大地，從未長出初芽的枯木。

「屆時我們蒙紹族就可以過上一段時間的好日子，能有豐沛的五穀和蔬果為食。」

「是。」

正當完蒙煉欲告退時，喀喇尊想到了什麼，喚住了他。

「且慢。獸騎兵是巴朗族的主力，他們戰力匱乏，能馭獸之人有限，必定來救那些兵，你等速速試藥，成了之後就由他們救去。」

他眼裡閃著亮紅的焰火，這簇熱火正開始蔓延，要燒去舊有的一切，他，虎視眈眈，勢在必得。

「是。」

受命的完蒙煉領著幾名手下走往囚禁俘虜的岩洞，沿途經過一棟棟簡陋的木

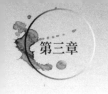

屋，他在一戶人家前停下。

屋裡傳來嬰孩的啼哭聲，他悄悄從窗望去，只見一個盤著髮的美婦，蹙著柳眉，正將一小塊馬酪扔進稍微放涼的小米粥裡化開，雖說是小米粥，但多是湯水，舀不出幾粒小米。

她舀起一小匙化了馬酪的粥仔細吹涼，哄著懷裡啼哭不休的嬰孩，緩緩餵食著。

完蒙煉一咬牙，離開了家門前，沒有進去看看妻兒。

如水般稀的馬酪粥已經是家中對嬰孩最好的吃食了，他只能盡速完成主上的命令，助族裡除掉巴朗族，目前只有舉族遷移到那裡，全部的族民和他的妻兒才能有更好的生活。

蒙紹族受到了詛咒，這個詛咒數百年來從未消除，傳聞在數百年前，蒙紹族長老得罪了神巫，那神巫是女媧的直系後裔，神力強大，壽命綿長。

那復仇的神巫化作鬼魅而來，咒蒙紹族的落腳之地都成為無窮盡的寒冬，草木不生，五穀不長，要蒙紹族世世代代都為溫飽而居無定所。

所以，百年來，蒙紹族總在食物將窮盡之時，物色豐饒之地，在最豐收的時節，將那個族連根除盡，然後全族搬移，倚靠豐富的食物助全族度過那個冬。

接下來，因為詛咒，只要是蒙紹族的落腳之地，嚴冬永不會離去，他們就再物色下一個地方，就這樣，數百年來，無限循環。

領著一干人來到岩洞前，完蒙煉一聲令下，這時一名下屬站了出來，竟單手就把厚重、還留有一絲縫隙的石門給往前推，一下子就把岩洞給封死。

在裡頭早已醒來的一干士兵見到唯一照進洞裡的一絲光消失，發現門被堵死，不禁絕望的哀泣。

雖然可以感覺到情況凶多吉少，但孫傑沒有哭，他猜現在的自己一定臉色死白，但他看不見自己的表情，這裡伸手不見五指。

他想過他的命可能葬送在戰兵隊，他以為早就失去所有家人的自己，了無牽掛，對這世間不留一絲眷戀，什麼都能捨下，可到了將死之際，他才發現他放不下湘湘。

一起長大的情感太深刻，她永遠無私的相助太刻骨，兩人一起看的世間風景

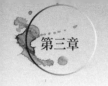

還不夠，平凡但歡笑的日子教他還想繼續。

想著想著，只見岩洞的上方冒出大量濃煙，所有人都驚懼的逃竄，可岩洞密不透風，能逃去哪？

獨獨他一人坐在石地上，在濃煙吞噬他之前，回憶著人生最美的片段，有娘笑著做糕給他吃的甜，有爹嚴厲待他的苦，有兄長竊他貝幣遠走高飛的怨，還有元湘一直以來帶給他的樂。

慢慢的，他開始覺得氣息急促，一度要喘不過氣，接著他開始劇烈的頭痛、身體痛苦的痙攣，他倒在地上不斷掙扎。

他掙扎著從衣襟內拿出僅存的戰魂香，試試吧……。

他想著，並大口吸取著那香，意外的，極痛的痙攣緩和了，慢慢的感覺不到痛，可是他可以清楚的意識到自己的身體在抽搐。

不知道過了多久，他的身體連抽搐的氣力都沒有了，他嚴重的耳鳴，只感覺生命力正快速的消失，周遭漸漸沒了聲響。

雖然有很多的不捨，但在這一刻，他同時又覺得如釋重負，再不必煩惱日子該怎麼過下去、再不必煩惱稅物、再不必在偶然想起時聲淚俱下的思念娘。

連對拋家棄子的爹說不出口的憎和怨，在這一刻，也能放下。

陽光又重新照進了這個沒有生命力的岩洞，幾名黑衣的兵走了進來，一一查看這些藥人的狀況後，又再度把門封上離去。

他覺得時間過了好久，孫傑在陷入無間的黑之前，好像隱約聽到那惡鬼將領的怒喝。

是幻覺吧！惡鬼，從地獄來抓他了，怕是這一覺睡下，永不再醒來。

岩洞外頭響起一聲聲大喝，我族的兵來救人了，但是慢了一步。

「巫醫！給我救！只要還有一口氣，都得給我吊住他們的命！他們不能死！」

暴怒的將領失去理性的怒吼，所有人不敢馬虎，迅速救人。

第四章

元湘抹去眼角的淚水，眼前女子的臉孔逐漸清晰，像是高不可攀的神祇墜入凡間，對上她那對懾人魂魄的眸，她覺得自己隨時會陷入那深不可測的深潭。

「我得救他，求妳幫我。」

她的眼堅定、執著，無畏的對上眼前這個巫女。

佟凌仍然冷著臉，視線和她交會。

「我可以幫妳。」

難得的，佟凌釋出她那少得可憐的善心。

「妳要什麼？」

她不認為這巫女會無條件的幫她，就像孫傑為了救她，付出了很大的代價。

她冷嗤的瞥了元湘一眼。「我要的，妳給不起。」

她在來之前，早知道自己給不起任何代價，但是她看了看躺在一旁木床上的孫傑，他除了手腳上的皮肉傷，他的身體幾乎找不出任何致人於死地的傷，可他的生命卻一點一滴的流失。戰兵隊的巫醫救不了他，所以，她去領回了將死的他。

她別無選擇，沒有回頭路，此刻的她甚至想不起她是怎麼來到這裡的。

「要救他，得靠妳的力量和毅力。」

「我該怎麼做？」

她的心燃起一絲希望，即使前方是荊棘路，她也會無懼的闖過去，就像他為她做的一樣。

「我已懸住孫傑的最後一口氣，但這也就只能保他不死，無法讓他活過來。」

她死命盯著佟凌，深怕自己漏聽了什麼。

看著眼前這女孩的堅毅、無懼，她感覺自己無比冰冷的心，湧入了些什麼。

「妳必須到百里之外的壇爰山找到魚婦，她能施還魂術，能讓孫傑活過來。」

講到這裡，佟凌波瀾不興的眼，閃著一道異光。

「但要到壇爰山的這一路上，窮山惡水，異獸橫行，光憑妳一人絕對無法活著找到魚婦。」

忽然，佟凌修長蔥白的指放上了自己的唇，微微吐氣，發出了幾個召喚的單音，柔聲卻綿延繞樑，誘哄著沉浸在不絕於耳的音律當中。

倏地狂風侵襲著木屋，吹得窗邊的桔梗搖搖欲墜，濃霧也從四面八方竄進了屋內，整個屋子被吹得嘎嘎作響。

風漸漸停下來，待霧逐漸散去，元湘才赫然發現眼前憑空出現了兩個男人。

「他們是莫綱和行天，是我的助手。」

無視她的訝異，她介紹著即將陪同她前去壇爰山的夥伴。

莫綱極其高大，她必須要仰著頭才能看清他的面貌，他壯碩的肩上扛著一大綑粗長的銀鍊，黑髮張狂的披散在肩上，黝黑的膚配上飛揚的濃眉讓他看起來魁梧粗獷，但炯亮的深眸，透露著無害的柔光，讓人不自覺的想信任他。

行天沒他那麼高大，看似纖瘦卻是不可小覷的健壯，寬闊的背背著好幾把長矛，閃爍著銀白色光芒的長髮及腰，襯托著他偏白的膚色和濃眉大眼，他一看見元湘就露出白牙，笑得燦爛。

「記住，在找到魚婦之前，你們必須要找出重明鳥，挖出牠的心，這是施行還魂術的必須之物。挖出牠的心後，你們要用清水加入這個粉末，將心浸泡在裡面，才能確保不腐壞。」

佟凌交給了莫綱一個布包，要他收好。

這時，門遭推開，鄭雲匆匆跑了進來。

「湘湘，這太危險了，我跟妳一起去！」

她還想說這個躲在窗邊偷聽的女人可真沉得住氣，總算有點動作。

「不！就是太險峻，我才不能讓妳去，妳要是有什麼三長兩短，妳的家人該怎麼辦？張明又該怎麼辦？你們都要成親了。」

鄭雲眼眸垂著，有些恍惚，疲憊、傷心一一湧上心頭。「阿傑從小和我倆一起長大，我也想幫幫他，無法眼睜睜看著妳涉險。」

心口一酸，淚水奔出眼眶。「雲姐，不要擔心，有佟凌的助手幫著我。我還需要妳替我時常來這照看阿傑，他雖懸住了一口氣在，可需要有個人和他說說話，說不準能喚起他的意識。還有，我的家人那，需要有個人去平復、平復。」

鄭雲思忖了一會兒，覺得有理。

「這樣吧！出招搖山前讓我送送妳。」

她知道這是雲姐最大的讓步，而她確實需要一個她能徹底信任的人照看孫傑，還有……她幾乎可以預料到爹和兄長會有多暴跳如雷和擔心，她需要有人代替她這個不孝女安撫家人的心。

「這裡的一切就拜託妳了。」她由衷的感謝能懂她擔憂的雲姐。

隨即，她轉了個身，面向佟凌，她曲起了雙膝跪著，以頭觸地，朝她行了個大禮。

「孫傑，拜託您了。」

佟凌指尖一彈，幾縷輕煙扯起了元湘，讓她站著。

「不必謝我，我要不想做的事可沒人能勉強我。」

她撇開頭，她習慣了人人迴避她、害怕她，已經好久沒有人這麼謝過她，這讓她有點。

「時辰寶貴，還不快上路？」

不想跟著浸淫在這個離別依依的氛圍裡，她出聲催趕。

「莫綱、行天，護好她們。」

「是！」

就這樣，沒有足夠的思考時間，四個人匆促的踏上了未知的旅程。

天，很凍，幾片枯葉隨著寒風起舞，跳躍著、旋轉著。

一行人走在逐漸杳無人煙的山徑上，越往前走，林木就越茂密，寸步難行。

莫綱和行天在前方開路，兩人拿著小短刀，劈開抵擋住道路的枝條，午後的陽光從林葉的空隙穿透而下，稍稍暖了他們的身。

「就快到招搖山口了，雲姐，要記下我們現在走的路，明早一樣從這裡回去。」

「別擔心我，妳只要照顧好妳自己。」說著她眼角餘光瞥到一簇亮點。

「等等！」

其餘三人雖然不解，但還是跟著鄭雲往偏離他們主徑的小路走去。

只見鄭雲來到一棵木前，這木不高大，只比莫綱高上一些，樹幹上有一圈一圈的黑色紋理，其葉並沒有因為嚴寒的冬而失去生氣，依然青翠而茂盛。

「快看，這就是迷穀花，我們在醫書上讀過，卻始終找不著的迷穀花。」

她難掩激奮，領著三人蹲下看著那點點散發的光輝，淡黃的四片花瓣透著暈黃色的光亮，即使是在白晝，那一點一點的光芒也依然炫目。

「有木黑理，其花四照，名曰迷穀，佩之不迷。」

元湘想起了和雲姐一同讀過的醫書，上面記載的迷穀花是她們一直想尋卻尋不到的，如今卻意外在這深林見到。

傳聞中，有多種惡獸會先迷惑人心，再將人吞食。根據記載，將迷穀花佩戴在身上，可以不受異獸的迷惑，不會因此喪失心神，成了獸的腹中物。

「那巫女說過，到壇爰山的路上，有遇見惡獸的危險，你們佩帶著吧！我也能安心些。」

鄭雲採了三朵，讓他們分別配帶在身上。或許，能在出招搖山前，找到她們遍尋不著的迷穀花，是上天另有用意的安排。

「天色不早，該走了。」

行天收好迷穀花，感激的謝過鄭雲後，為了不耽擱時辰，天色暗下來之前，他們得到招搖山口紮營，連忙領著大家回到主道上，繼續往前。

又走了約莫兩個時辰，難行崎嶇的山路讓元湘和鄭雲走得兩腿有些發軟，多虧莫綱和行天的幫助才走到山口。

他們在山口處停下，準備在這過一晚，明早上路。行天到附近去狩獵，莫綱則忙著紮營和撿拾枯枝生火。

元湘看著鄭雲解下一路背在身上的大布包，裡頭除了有幾種她熟悉的草藥，還有幾塊乾馬酪、一些小米和乾麵餅。

鄭雲撿了塊扁石，拿到附近的溪水處清洗乾淨後，把一些藥草放在上頭，用石子碾碎，壓成藥泥，塗抹在元湘有些腫脹的小腿上。

「路途遙遠，步步難行，妳何曾如此折騰過？記住我們一同精研過的這幾味草藥，腳要真痛得受不了，往後要自己敷上。」

「雲姐，謝謝妳，我一定會盡快回來的。」雲姐從小就像姐姐一樣，總特別關照她和阿傑，他們長大後，依然如此，她心中盈著滿滿的感謝。

「妳當然得盡快回來。阿傑還在等妳，妳家人和趙揚很快就會發現妳不見了，我可沒那麼大能耐安撫得了這些人。」

接著她又抖開元湘的布包，將剩下的藥草和乾食全放了進去。

「帶著，一定會有用上的時候。」

她乖順的收拾好東西，就看到行天獵了隻野雁回來，還帶了一把松果，她倆趕緊過去幫忙。夜晚，大夥圍著小火，吃著烤野雁。

「元湘，為何妳那麼執著要施還魂術？」莫綱豪邁的咬食著雁腿，一邊不解的問。

「是啊！人既有生，就會有死，天經地義，雖然失去重要的人很痛苦，可也只能接受不是嗎？冒著如此大的危險前去，說不定連妳自己都回不來。」

行天性子本就比較直率，說話也不拐彎抹角，揚著眼尾微微上勾的的眼角，無法理解是怎樣的情誼能讓她如此奮不顧身。

「我辦不到，孫傑是我此生的摯友，他都能為了救我而肝膽相照，陷自己於險境，我無法見死不救。」

莫綱和行天沒有多說什麼，許久之後，莫綱才細聲吐露。「我們兄弟倆會盡力幫妳的。」

她奪走了莫綱和行天手上帶殼的松果，換上了已剝好殼的，幾個人都相視而笑了。

這一夜，元湘懷著很多的感激，在熟睡中也緊緊倚著鄭雲，明早，就要分離，各自努力。

是夜，除了輪番守著夜的莫綱和行天，兩人一夜無夢。

翌日清晨，霧還沒散。

「雲姐，待會兒回去時記得走我們來時的路。」想著雲姐一個女孩子家要獨自走林深不見人的山路回去，她怎麼也放心不下。

「知道，妳別瞎操心。」鄭雲將布包掛上了她的肩。

「那……我們走了，妳千萬保重。」

「定要盡快回來，大家都等著妳。」

眼前的薄霧讓她不是看得很清楚元湘的表情，白茫茫的霧氣隔絕著彼此，竟教她泛起了一股這一別，便是永別的不安。

她趕緊甩了甩頭，甩掉這晦氣的想法，有莫綱和行天在，他們會平安歸來的。

「我會的。」

元湘強忍著不捨送走了鄭雲，三人出了招搖山後，面對的是另一座更加巍峨的大山。

山的兩旁是深不見底直落地獄的危谷，莫綱敏捷的躍到樹叢上折了一根粗硬的枝給元湘當作柱杖，好讓她穩住腳步。

她頂著寒風，走在莫綱和行天的中間，他們攀爬著峭壁，她不知道自己走了多久，只覺得雙腳痠麻得顫抖。

終於，他們走過了陡峻的山路，到了溪澗之間，溪的遠處飛瀑直瀉而下。

他們在溪邊洗淨了手腳上的砂石爛泥，看見沿著溪岸的另一側有個人蹲在那。

三人朝那處走去，這才看清原來是名蓄滿著落腮鬍的獵夫在處理著剛獵來的幾隻野兔。

「冒昧叨擾，在下行天，敢問附近是否有村落？」

經由詢問，才從這名叫蔣先的獵戶口中得知，這座堂庭山在很久前還有幾戶零散的人家居住，

但是由於山勢太險，傳聞還有會吃人的獸，所以現在幾乎沒有人敢在此住下。

蔣先也只是因為在這裡可以輕易狩到許多獵物，從他處來這打獵後帶回去賣，但在午後一定趕緊離開這山，要是迷了路，等到天色暗下來後就別想要走出去。

三人向蔣先買了隻野兔，探聽了這座山大概的地勢。

忽然，隱隱的哇——哇——哇——嬰兒的啼哭聲從上方處的樹叢間傳來。

「可憐，我在各處狩獵時，常常見到因為家中貧困養不起而被丟棄的嬰孩，每回見到的都是女嬰。這對爹娘太狠，將孩子丟棄到這座山，還能活嗎？我一會兒回去時順路看看去。」

獵夫離去後，餓極的三人烤了兔肉，吃著吃著發現沒了那抽抽噎噎的啼哭聲，大概是那個善良的獵夫領了去吧！

這年頭遭棄的嬰孩，除了自生自滅等死外，運好的能被善心人撿去扶養，或轉給大戶人家作奴作婢。

三人收拾好行囊後，又往上回到樹叢間，剛才從獵戶口中得知再稍稍往前會有一片平原，他們可以在那紮營。

一行人走著在叢裡看見了野兔被剝下的皮。

「這不是剛剛那獵戶從野兔身上剝下的皮嗎？」元湘一頭霧水，難道是不小心落下的？

莫綱猛然繃緊了肌肉，他嗅到一股危險的氣息，迅速取下肩上的銀鍊，行天也直接抽出一只長矛，警戒著。

嬰孩楚楚可憐的啼哭聲又起，元湘興起一股憐憫之心，直想找到那嬰孩抱在懷裡誘哄著別哭。

突然元湘背後遭到一股力道的撞擊，她踉蹌了一下，莫綱和行天瞬時間將武器對準了她的方向。

只見來人居然是蔣先，他正搖搖晃晃的走著，手中竹簍裡的野兔和皮毛跟著他晃動得厲害的步伐不斷掉了出來，他的腳竟渾然不覺的踩上掉出來的兔肉，只見被剝了皮的兔肉被踩成慘不忍睹的肉泥，被踐踏得破碎的兔屍攪和在一片潮溼混合著腐敗樹果的泥濘地上，那畫面及一陣陣的腥腐味教元湘幾乎要嘔出胃裡的烤兔肉。

「他究竟怎麼了？」她欲要上前拉住他，但被莫綱和行天攔下。

「妳看仔細。」行天警戒的眼直視眼前的獵戶。

她順著行天的視線看向蔣先，這才發現他的嘴半開，嘴角有乾掉的唾沫，雙眼早已失去了方才的明亮有神，變得空洞、失去了焦距，眼也完全不會眨一下，像失了魂似的直朝那方啼哭聲走去。

三人不敢妄動，只能跟在蔣先的身後，他們現在甚至不確定他究竟是人還是妖。

只見前方草木茂盛的樹叢響起了窸窸窣窣的聲響，在搖晃的枝葉間，有隻馬蹄從中探了出來，只見那馬腿全伸了出來後，隨後擠開林葉的是牛的身體，待看清眼前龐然大物的全部面貌後，後方的三人全抽了一大口氣，對於眼前的畫面感到不可置信。

那竟是一隻有著馬腿、牛身及人面的獸！

那獸像是莽夫的大臉正歪斜著裂開至兩耳的恐怖紅色大嘴，發出想讓人憐惜的嬰兒一抽一噎的哭聲，慢慢誘著眼前失了焦的獵戶，一步一步走向血紅大嘴。

只見那獸猛地張開那長滿利牙的嘴，滴下數滴濁黃的唾液，一口就含住蔣先的頭，一點一點的將他往肚裡吞，直至雙腳消失在牠的嘴邊，牠滿足的嚥了嚥口水，寬大的咽喉處還隱約可見一抹人形頭下腳上的滑入牠圓滾滾的大肚子裡。

「那是窫窳！專以嬰兒的啼哭聲誘惑獵物的吃人兇獸。」莫綱咬著牙，眼底泛開強烈的殺意，抖開手上的銀鍊。

行天將元湘護在身後，長矛對準著窫窳的咽喉。

窫窳很快的發現後方的三人，下垂的眼角抽動了一下，如蘋果大的瞳孔散發著一絲興奮。

那可怕的裂嘴又再次張了開來，發出嬰兒的哭聲打算迷惑眼前獵物的心神，只是哭聲和剛剛的短促、抽噎不同，這次的哭泣聲持續而響亮，是嚎啕大哭。

三個人都發現了，他們之所以沒有被窫窳的哭聲迷惑了神智，像蔣先一樣走向牠的口，是因為懷裡的迷穀花！

迷穀花，佩之不迷。

他們厚重的衣襟透著微光，懷裡的迷穀花正強烈散發耀眼的光亮。

窫窳啼哭了好一會兒後，發現眼前三人竟絲毫不受迷惑，停止了哭泣，皺了皺牠那片灰白色龜裂的臉皮，像硬生生被往兩旁扯開的裂嘴發出警告的低吼。

窫窳撐起牠巨大的身體，那有一個成年男人高的巨大馬腿，正一上一下踩踏著地面，發出噠噠的馬蹄聲，時而急，時而緩，像在戲弄著他們。

「千萬別被牠給擾亂了心神。」莫綱蓄勢待發的警告著。

只見窫窳開始朝他們走來，行天見狀，他那雙擁有數百噸握力足以劈山的手，往長矛迅速匯集著力量，朝迎面而來的窫窳咽喉疾射而去。

牠竟然一個俐落的側翻身，躲過了那支奪命的長矛，長矛直直射穿後方的岩壁，那陡峭的岩壁崩了大半，往深谷墜去。

一時間，他們腳下的地似要崩陷，巨石四落，礫石從高處飛灑而下，形成奪命的雨。

三人一獸閃躲著，兩人護住元湘，莫綱利索的揮舞銀鍊，迅速的打散襲來的巨石，行天則用手就將周遭落下的大石捏成粉沙。

漫天而下的砂石逐漸緩下，窫窳露出利牙，趁隙快速的朝三人衝去。

莫綱正忙著揮去從山壁上滾落的岩石，行天經過剛剛的教訓不敢貿然再使用長矛，身著一身雪白長衫的他用媲美疾風的速度朝著跑來的窫窳狂奔而去，就像天邊襲捲的雲流。

他瞬間凝聚力量於雙手之上，迅速躲開窫窳張開又憤然咬下的嘴，握緊牠的右前肢，硬生生從牠的軀幹連接處扭下整支馬腿，他將粗長又厚重的馬腿扔到側前方的峭谷下。

失去一條腿的窫窳重心不穩的向一旁歪倒，巨大又血肉模糊的傷處噴灑出暗紅又腥臭的血液，

牠痛得發出響震雲霄的狂嚎。

窫窳的血濺了數滴在行天的手臂上，他感覺到強烈的吃痛，那幾處的膚色開始泛黑。

這獸的血有毒！

莫綱飛快釋出電力燙焦行天臂上那幾處泛黑的皮膚，很快的，那幾處被電得焦黑的皮掉落下來，行天手上的幾處小凹洞又快速長出新皮。

莫綱轉頭甩出數十呎長的銀鍊，纏繞著窫窳的身體，他雙手用力的拉緊，打

算釋出強大的電流從銀鍊引渡過去，將眼前的龐然大物電成焦屍。

風吹著莫綱凌亂粗黑的髮，玄黑色的長衫下襬飛揚著，右手正迅速凝聚著電力，此時的他看起來像從地獄爬上來索命的修羅。

正當他要將電流從銀鍊渡過去時，窫窳忽然發了狂的使出蠻力，以令眾人還反應不過來的速度轉頭向後方衝撞而去，沒料到那惡獸會有此舉的莫綱也隨著窫窳被往前拖去。

「莫綱小心！」元湘上前要拉住莫綱的腳，沒能拉回他，反倒跟著莫綱被窫窳一起拖去。

窫窳往前衝撞，忽然一個回身，在銀鍊另一端的莫綱和元湘被往前拋飛，眼見就要撞上前方嶙峋的石壁，莫綱忽然一個俐落的旋身，一手接住元湘，一手扯回被窫窳掙脫的銀鍊，雙腳蹬上石壁，幾個輕盈的蹬點，安全無虞的回到地面。

「你們看看這裡。」

此時趕到兩人身邊的行天，看了看這裡的地勢，發覺他們竟被窫窳給困住了。

第五章

元湘和莫綱跟著抬頭看了看四周，發現這裡是由一整圈高聳的峭壁而圍成的圓狀低地，除非他們能飛天，否則沒有任何可以閃躲、後退的地方。

唯一的出入口就是剛剛窫窳疾衝進來，在兩座山壁間的狹小隘口，可那個隘口卻被窫窳巨大的身軀給堵住。

也就是說，現在他們三個完全被窫窳給困死，無處可逃。

「這窫窳算計我們。」莫綱咬牙切齒。

「而且牠的反應速度快得驚人，一般的巨獸沒這般敏捷。」行天試著回想剛剛的狀況，冷靜分析。

「這獸居然能思考，懂算計，不是一般的莽獸。」

元湘發現窫窳非常聰敏，居然能思考，而且在千鈞一髮之際能想出法子把他們給困在這裡，雞皮疙瘩如冷血的蛇慢慢爬上她的頸項。

堵在隘口的窫窳笑了起來，那聲音像嬰孩無邪的呵呵憨笑，可牠的臉卻張狂而扭曲，灰白色的臉因為龜裂而產生的紋路都糾結在一起，形成無數條皺褶，配上那不斷流淌著唾液的血盆大口，讓牠看起來猥瑣至極。

莫綱觀察了下附近的地勢，發現在峭壁底部的邊緣有好幾個天然岩穴，雖然不深，但讓姑娘家躲進去綽綽有餘。

「待在裡面。」他一把將元湘往岩洞裡推。

她無力的應允，她知道自己手無縛雞之力，若她沒能護好自己，他們倆面對窫窳之際還得分神護她。

這岩洞裡很窄小，她無法在裡面站起來，而且非常陰暗潮溼，洞穴的頂部還不斷滴著水，形成多處水窪。

忽然，她聞到一股味道，是一種植物的氣味，這味道很熟悉、很熟悉，甜甜的、還帶點酸，有點像柑橘，可是味道又更濃烈，還帶點蜜香。

這氣味她聞過！

她順著氣味往岩穴更深處爬去，越往裡去，味道就越重，讓她有一種將被淹沒在蜜海中的錯覺。

外頭的一聲強大巨響拉回了她的心神，她趕緊回頭爬到洞口，看看外頭到底發生什麼事。

窫窳缺了一條腿的身體雖有些不穩，但牠仍然非常快速的朝目標衝撞而去，眼看大嘴就要咬上眼前的黑影。

只見莫綱像影子般迅速一腳踢上窫窳那贅著橫肉的的巨大下巴，牠的下巴遭強大的力道攻擊，用力撞擊著上唇，幾個巨大泛黃的牙混著口水掉落在地，牠的身體也因為遭受強大的力道而傾倒，笨重而巨大的肚子摩擦著粗硬的地面。

窫窳站了起來，用左前肢撫了撫自己圓滾滾的肥大肚子，然後又看了看前方站得直挺的莫綱和行天，忽然又嘿嘿癡笑，像一點也感覺不到痛一樣，嘴角又開始流著口水，口水順著牠被打破一個窟窿的下巴流淌而下。

「大哥，怎麼辦？這噁心的獸血有毒，我不能折了牠的身，而且牠不但不怕痛，現在還餓了，想吃掉咱們。」

「我們雖然不怕牠，但牠太敏捷，躲得了你的長矛，我的銀鍊即使纏住牠，在我釋放電流前，牠又能使蠻力掙脫。」再這麼僵持下去也不是辦法，莫綱蹙著濃墨色的眉，思索著其他方式。

「我看我們還是只能用蠻力速戰速決。」一行天摩拳擦掌，準備將窫窳大卸八塊。

元湘看著窫窳流著和著血的濃稠口水，瞧著牠那貪饞的模樣。

感覺有什麼呼之欲出，是什麼？到底是什麼？

她低著頭拼命的回想，那氣味太熟悉，她不可能不知道。

回憶閃過她的腦海，她想起來了！她想起來那藤蔓是什麼了！

她心中閃過一計，不知管不管用，只能先試再說。

「你們倆先撐著點！」

說完她又立刻朝著岩洞深處爬去，她要快，她得快。

直到她看見沿著岩壁攀爬而生的綠色藤蔓，她仔細確認了那藤蔓上對生的嫩葉，看了看生長在其中的數朵淡黃色小花，她小心翼翼翻開那五片包裹住花芯的瓣片，在看到了花瓣內側的淺紅色小斑點後，她完全確定這是什麼了。

她放下了肩上的布包，隨即扯開自己的厚襖子和外衣，露出裡頭棉白的單衣。

她用力扯下了一邊單衣的衣袖，迅速穿回外衣。

她將那截衣袖撕成兩片，仔細的包裹住自己的雙手，隨即看中其中的一株藤蔓，用白布纏繞的手小心翼翼的連同淡黃色的小花將藤蔓扯下。

她順著藤蔓生長的方向慢慢摘取，直到藤蔓生長的方向逐漸朝下，她找到了根部。

元湘快速的撥開岩洞縫隙間的泥土，將這株細長的藤蔓連根拔起。

她找了一處乾淨沒有水窪的平整地面，拿起一旁的大石，左手用衣袖掩住自己的口鼻和面容，右手隨手拿起一塊邊緣平整又尖銳的石頭，開始將藤蔓切成數段。

她可以感覺到外頭驚天動地的打鬥，她加快動作，死命用石頭敲打、研磨著這株植物，連著花和根磨得細碎，一些深綠色的汁液濺上了她的手腕。

一陣灼熱蔓延開來，她淒聲悶哼了一聲，忍住火燒的疼痛，繼續磨著。

磨好了之後，她找來兩片扁平的石片，然後打開了布包，將裡頭的乾麵餅拿出來。

乾麵餅雖然沒什麼水分，但摸起來並不會太硬，反而有韌度在，有著乾爽的麵香和淡淡糖粉的甜香。

她將全部的麵餅都橫向從中間扒開成兩片，用細薄的石片沾上被磨成細碎泥狀的藤泥，厚厚的塗在麵餅上後，再把被扒開的兩片麵餅合起來。

就這麼將所有的麵餅中間都塗上草泥後，她趕緊將所有的麵餅拿到岩洞外頭。

外頭仍然僵持不下。

她輕聲喚了喚最接近她的莫綱，莫綱趕緊來到岩洞邊。

「將這些餅想辦法讓窫窳吃下，切記，你們的手絕對不能觸碰到中間的草泥！」

好奇的行天也來到莫綱身旁。

「讓窫窳吃下這些很香的餅？那有何問題，牠最貪吃了。」

元湘重重的點了點頭，再次提醒絕對不能碰到夾在其中的草泥。

他們後頭刮起了一陣厲風，窫窳聞到了那股濃烈中帶著酸甜的蜜香，饞著嘴衝撞過來。

元湘快速躲回洞裡，莫綱和行天快速躲開攻擊，用餅香誘引著窫窳轉身。

窫窳涎著唾沫，緊盯著那餅和兄弟倆人，打算一舉將他們全都吞下肚。

莫綱從懷裡取出一個銀製的大彎鉤，小心的將麵餅都串在上頭。

「大哥，現在要放餌囉！」

行天抽出一把長矛，像魔魅的鬼影瞬間來到窫窳的前方，長矛前方的尖頭一把刺向窫窳的上唇，隨即施力撐開牠的嘴，將長矛的底部卡在牠嘴裡下方的利齒中間。

在窫窳咬斷那支長矛之前，莫綱迅速將掛了麵餅的銀鍊甩到了牠嘴裡，在長矛斷掉之時，牠的嘴用力咬下，莫綱確認牠咬了餅後，抽回銀鍊。

那銀鉤劃破了窫窳的下顎處，但牠吐掉了那銀鉤，仍津津有味的嚼著香氣濃烈的餅。

一直躲在岩洞裡看著他們的元湘這時跑了出來，觀察著窫窳的反應。

只見窫窳血紅的脣迅速轉黑，流出的不再是口水，而是血水，嘴角泛起了大量白沫。

牠痛苦的在地上打滾，想張開大口嘶嚎，可嘴裡的嫩肉組織卻嚴重沾黏著。

窫窳顫抖得直翻滾，撞上了一旁直豎的山壁，上頭凸出的尖銳大石刺進牠的背，血水奔流。

牠痛得張大嘴狂暴怒吼，嘴裡沾黏的組織隨著牠張大的嘴被強硬的拉扯下來，幾片粉色黏膜狀的爛肉掉落在地。

牠猛然一陣狂嘔，從牠的肚腹嘔出一大團酸臭的不明物，那團黏膩的物體當中隱約可見穿著褐色獵裝的人形，那是被他吃下的蔣先，有大半的身軀都被窫窳胃中的酸液消化掉，腐肉的空隙間露出一處一處的白骨。

「大哥，我一點都不想接近牠的身，只能靠你了。」

行天閃得遠遠的看著慘不忍睹的窫窳，他才不想靠近牠。

無奈的莫綱飛甩出銀鍊，纏住窫窳，手從銀鍊的這端注入強大電流。

窫窳一陣戰慄掙扎，立刻變成一團焦黑的肉塊。

「元湘，妳給窫窳吃的是什麼？這麼管用。」

無力的元湘倚靠著山壁而坐，勉強打起精神解釋著。

那是鉤吻草，毒性強大，尤其它的葉和根部最毒。

那時她想起了鉤吻草在醫書上的記載：「藤葉對生，花黃異香，名曰鉤吻，服之斷腸。」

收拾好銀鍊緩緩走來的莫綱，眼尖的注意到元湘手腕的一處暗黑。

他如風的蹲在她身前，撩起了她的長袖，她雪白的右腕間有一片嚇人的黑。

「妳中毒了！」

「被鉤吻草的汁液濺到了一些。」鉤吻草極毒，雖只是濺到一點，但毒性會順著皮膚侵入人體。

她此刻只覺得右手失去了知覺，腦袋昏昏沉沉，頭暈得想吐。

她手上的毒會一直持續蔓延至五臟六腑。

不能這樣下去！如果是行天，還能用電流焦灼掉那塊肉，他能自行復原。

但是元湘不行，她只是人類女子，捱不住電流的，用電流焦灼她的手只會活活將她電死。

莫綱焦躁的想著辦法，急躁的來回走著。

忽然，莫綱快速撿拾柴火在一旁升起一團火，拿著幾把短刀在上面烤著。

「行天，替我抓牢元湘，別讓她亂動，我不想傷了她。」看出大哥想做什麼，雖然對姑娘家來說有些殘酷，但目前也只有這法子能救她了。

行天扶起元湘，靠坐在原本她斜躺的那面石壁，讓元湘靠著他的胸。他不是人類，用不著遵守他們的男女授受不親；她命在旦夕，犯不著恪守男女間的禮教規範，命比較重要。

行天有力的左臂壓上胸前元湘的左手，然後環繞到她的腰側處，把她的左手和腹部一起用力壓住，以防她激烈的掙扎。

右手扯掉布包上的一塊布，讓她咬著，大手握緊她的右手腕上方處。

暈頭轉向、意識朦朧的元湘只感覺到背後好溫暖，但是有人牽制住她的身體，讓她動彈不得。

「大哥，我抓牢她了。」

莫綱拿起用火烤過的短刀，毫不遲疑的朝她手腕的那片黯黑熨燙了上去，高溫的短刀接觸皮膚時發出嘶——嘶——的聲響。

元湘瞬間被痛得驚醒，下意識奮力掙扎著，想要撥開那幾乎燙得要了她的命的短刀，她發出一聲聲淒厲的慘叫，即使口裡咬著布條，仍擋不住那令人不忍聽聞的哀叫。

行天更加用力的壓住身前痛得不斷抽搐、掙扎的元湘。

她的手冒出了燒焦的臭味，莫綱快速的用刀尖割掉了那塊已經燒灼得焦黑、染了毒的皮肉。

挖掉了那塊皮肉後，那下陷的傷口不斷湧著鮮血，莫綱丟下了手上的那把刀，轉身拿起仍在烈火上烤著的另一把。

已經目睹過一回的行天不忍再看，垂下了漂亮的雙眼，改在元湘的耳邊柔聲安撫。

「再忍一回就行了，不能讓妳手上的毒擴散，而且妳必須止血，這是最快的方式。」

根本沒聽清楚行天到底在她耳邊說了什麼，和剛剛一樣可怕的疼痛又再次從手腕處襲來。

她再次放聲淒聲尖叫，死命咬著布條，額上豆大的汗珠和奔流的淚水不斷落下，她覺得自己快撐不住了。

「大哥，好了沒？」行天低著頭不忍看，只感覺到懷中的人激烈顫抖。

莫綱拿起燒灼她傷口的短刀，查看了皮肉有些焦，但血已經止住的傷口。

「行了。」

一直到最後一刻，她渾沌的腦袋終於搞懂這兩人這麼做的用意了，勉強撐起最後一絲意識。

「我的布包裡有一種淺紫色的藥草能解毒，全部以水煎成一碗就行。」

氣若游絲的說完後，她昏了過去。

太陽正開始自那處落下，天色漸暗，空氣變得更冷。

「我可不想跟窩窳的屍身一起過夜。」行天收拾著布包，找到了一把她說的淺紫色藥草。

「你以為我很想？」莫綱斜斜瞥了他一眼，背起昏厥過去的元湘，走出隘口，往來時的溪澗處走去，他記得今日他有看到一個大岩洞。

兩人踏著穩健的步伐，即使往下走在陡峻的小路上，仍然健步如飛。

尚未到達溪澗處，莫綱往旁邊一拐，走上了一處在半空中突出的巨大岩壁。

那裡有一處洞穴，洞口周邊被好幾片有孩童那麼大的蕨類植物覆蓋住。

莫綱努了努下巴，示意行天先前去查看。

當行天從裡頭走出對他點了點頭，他掀起諾大的葉走了進去。

裡頭很寬敞，沒有潮溼的水窪，還算乾爽舒適。

行天拔了幾片岩洞周圍巨大蕨類的葉子，幾個飛躍來到小溪旁清洗後，又撿了幾個乾枯變成咖啡色的青椰硬殼舀了些水，帶回洞裡。

回來後的行天把擦乾的蕨葉鋪到地上，莫綱把元湘放到葉子上面。

「你先生火，把那藥草熬了，我去找幾顆青椰回來。」

莫綱拿起了行天盛水的椰殼查看著，這種罕見的青椰一年四季都能生長，椰汁生津止渴，椰肉清甜，堅硬的外殼還可充當容器。

不消多久，莫綱帶回了數顆青椰，以及找了片大葉子包了些泥土回來。

「藥差不多了。」

行天看了眼架在火上乾椰殼內濃稠的黑汁，他撈起熬過的藥草，把湯藥拿到一旁放涼。

外頭天色已暗，視線不佳不好狩獵，也擔心驚擾到其他的獸，兩人跟窫窳周旋了一天也已經累極，打算烹煮小米粥止飢。

元湘睜開眼，雖然醒了過來，但還沒完全恢復意識。

莫綱扶起了她，用沾了清水的濕布抹了抹她的臉，餵她喝下青椰汁、吃了幾片椰肉後，再餵她喝下解毒的藥汁。

一旁的行天抓了把泥土厚厚抹在剖半的椰殼底部，裝了清水架在火上。

再把洗淨的小米和切塊的馬酪丟到煮沸的水中，隨著馬酪逐漸化開，濃厚的奶香味也飄散出來，沒多久，就煮好三碗奶香米粥。

兩人吃完了熱燙的粥後，莫綱撐起虛弱的元湘。

「妳需要吃點東西補充體力。」

行天拿起溫熱的奶香米粥，用一片葉捲成如小勺般的凹狀，舀起米粥慢慢餵著她。

溫暖的米粥入了她飢腸轆轆的腸胃，也驅趕了寒意。

「妳很勇敢，很聰明，趕緊好起來，才能盡快找到魚婦施行還魂術。」

扶著她的莫綱由衷的讚美，想給她一些鼓勵。

「對，我得趕快好起來，沒那麼多時間可以費在養病上。」

想起了只剩一口氣的孫傑，胸肺一陣氣悶，她必須更堅強，更勇敢，才能救得了他，她不能這樣就被打敗。

路，還很遠。

「今早聽那獵戶說從這座山後就能到扭陽山，那兒有個大部族，明早我們就得到那裡找大夫，光喝這碗藥解不了妳的毒。」

她孱弱的點了點頭，吃完了米粥後，躺在大葉上很快就熟睡了。

兩人熄掉了殘存的星火，跟著進入了夢鄉。

這個夜，萬物都擔心吵著他們，連星子都躲進了雲裡不敢探出頭，天地給了他們一個靜謐而安穩的夜晚。

第六章

剛過卯時，下過雨的清晨還有些潮溼，露珠從蕨葉的空隙滴落，一聲聲鳥鳴劃空而來，啾——啾——不斷迫近的啼聲驚擾了三人。

元湘拉緊外襖，喝了藥休息了一夜後，覺得自己好上許多，但暈眩乏力的四肢提醒著她殘毒未解。

正欲起身取水回來的莫綗，忽然覺得哪裡不對勁。

這鳥鳴聲，越來越近；這嘈雜聲，越來越多。

一抹黑中帶青的影子挑釁的俯衝進洞裡，元湘驚呼一聲，狼狽的閃躲，跌坐在地。

瞬間看準了那黑影，銀鍊往前飛甩後掌心一扭又俐落的一個迴旋，捲住了來者，莫綗抽回鍊子這才看清楚眼前物。

是鴆，但是隻嚇人的鴆。

向下彎曲的尖利鳥喙上有殘存的腐青色細碎肉塊，此時牠正憤怒的磨著鳥嘴，嘎嘎疾響，軀幹兩翅最外側的羽竟然有如刀尖，隨著牠憤怒拍打著地面，居然削掉了岩質地，細碎的岩塊散了一地。

這羽，削鐵如泥。

行天拿起長矛一把刺死了這鴆。

「大哥，這什麼？」

他擰著眉看著洞外越來越密集的鴆，那雜聲的低鳴益發尖銳，三人來到洞口查看。

「是敵！快走！」

莫綱的斥喝響盪著，那成群盤旋的鴆急遽的朝三人俯攻而下，拍動的翅膀形成漫天殺人的刀雨，鳥喙一張一合，貪婪的想要咬下他們的肉。

這是一群餓壞的鴆，連人都吃！

行天避開牠們翅膀的攻擊，一一扭斷鴆的頭，成群的攻擊難防，他身上好幾處被啄傷，血沾染上了白衣，被護在後頭的元湘也拿著布包護住自己的要害，但背脊好幾處吃痛著，黏膩感濕了她的衣。

這一大群鴆動作迅猛如雷，快速朝目標急衝，迅速在瞬間就撕扯下她背上的一塊肉。

莫綱抓穩了銀鍊的這端快速注上電力，如風的一掃，猶如急瞬出水的潛龍，擊斃了數十隻鴆，開出一條血路。

「趁現在快離開這！」

三人快速離開這方在山峭間突出的岩面，但是後方殘餘的鴆仍然不死心，翅膀發出「啪嗒——啪嗒——」響亮的拍搏聲，在後方追趕。

元湘死命保持清醒，撐著渾身發疼的身體閃躲，撿拾著大石塊回擊。

三人身上散發血的腥甜味更加吸引著這群鴆，數量又開始多了起來，攻勢越來越烈，任憑他們怎樣都殺不完。

正當他們與群鴆拼搏之際，不同於鴆的鳴啼聲響徹了天際，這聲音雖響亮，但是圓潤而輕柔，像蕭聲的清幽盪然於山谷間。

「是鳳凰？」莫綱聽見這鳴叫聲，像是鳳凰，但又不太一樣。

還不及反應，由更高處襲來的閃焰赤紅一下子打落了許多隻鴆，只見來者有著像雄雞一樣的頭，高傲的昂挺著，一身鸞紅的鳥羽，羽面有一閃一閃的晶亮，就像是日陽照射一地白雪的奪目光亮，牠美得令人嘆息。

更不可思議的是牠的一隻眼睛居然有兩個瞳孔，散發著神性的傲氣和光輝。

「是重明鳥！」行天簡直不敢置信，佟凌說過，要施還魂術必然得找到重明鳥，取出牠的心，但是重明鳥是一種極其少見，而且能避邪氣的祥瑞之鳥，少有人能尋得牠。

牠雖然優雅而高傲，但並不是柔弱的鳥兒，相反的，還能與狼虎搏鬥，擊退惡獸。

所以，人們自古以來都崇敬著重明鳥，認為牠能帶來吉祥和福澤。

牠用自己有力的臂膀和如鋼的爪迅猛的擊潰這群鳩，揮舞著大翅旋身攻擊的重明鳥像是烈焰飛鳳，凜然而炫目奪人。

就這樣，在重明鳥的幫助下，他們順利擊退了所有的鳩，三個人撫著身上多處還未乾涸的血，鬆了一口氣。

雪白的腕忽然搭上莫綱的肩，奮力扯下他的銀鍊。

元湘猛地鍊住已經轉身展開羽翅正要遠走的重明鳥，她使出渾身力氣扯住鍊子。

毫無防備的重明鳥轉過頭，眼裡火紅色的重瞳直勾勾的看著鍊住牠的元湘，她歪著頭，起先是困惑，後來像是明白了什麼，那重瞳子迸出激昂的紅豔，怒啼瞬起。

「對不起，你救了我們一命我卻還要抓住你，但是還魂術不能沒有你，對不起，對不起……。」

蒼白著唇的元湘不斷地向重明鳥道歉，淚水在臉上蜿蜒而下，滾燙了內心的強烈掙扎，她從沒有像這一刻那麼厭惡自己過，她不想忘恩負義，更不想恩將仇報，可是放走了這隻重明鳥，她有可能永遠找不到下一隻，那孫傑……，孫傑就……。

她顫抖的手注滿了強大的決心，指節拉扯得泛白，竟讓重明鳥一時沒能掙脫，一旁莫綱連忙接手綑住牠拍搏的翅和軀幹，行天找來了麻繩綁住了牠嘶吼著怒意，並開始攻擊他們的金黃色鳥喙。

「我們……先別取牠的心。」元湘眺望著遠方遼闊的天地，一雙手不捨的安撫正在激烈扭動的重明鳥，因為殘毒而渾沌的腦袋忽然有些茫然，她是不是錯了？世間萬物，即使是被喻為祥瑞之鳥的重明鳥，也都不能免於一死，她這般執拗只為挽回孫傑一命，算不算違逆天地倫常？

陽光的熱氣爬上了他們的身。

「該走了，日落前要離開堂庭山，還得找大夫給妳解毒。」趕路的急迫沒有時間能讓她多想。

行天一把背起重明鳥，看到元湘有些泛紫的唇，他對自己的無能為力有些莫名的煩躁，只求能盡快到扭陽山找人幫忙。

乾涸的血黏在她的背上，被撕扯下皮肉的背叫囂著蝕骨的疼痛，在莫綱的幫忙下，她忍痛極力撐起虛弱的手腳，顫抖的跨出步伐，一步，一步，她想快點找到魚婦，她不想、也沒有時間多耽擱。

天暗得很快，冷空氣是大地的披衣，凍得他們有些瑟縮。

「就快到了，撐著點。」莫綱攙扶著幾乎快站不住的元湘，她的髮有些散亂，唇益發的紫了。

行天背後的重明鳥也放棄掙扎，接受自己未知的命運，只是睜著圓滾滾的火紅大眼，一路睇著一身血漬，越來越虛弱幾乎要倒下的元湘，被綁住的鳥嘴發出幾聲若有似無的嗚啼聲。

眼看著就快出了堂庭山，在距離山口處不遠的地方，卻有個物體阻擋在那裡。

「護好他們，我去看看。」莫綱讓行天扶住元湘，自行前往查看。

那物體的體積不大，只比牛大上一些，有對顯眼而寬大的鷹翅，莫綱越往前走，就越看清楚那樣貌，在那對鷹翅中間的軀體，是隻像山豬的怪物，身體結實而壯碩，牠的面部有個很大的豬鼻子和不容忽視的一對大獠牙，最奇特的是牠沒有眼睛，在該有眼睛的地方是一片平坦。

牠感應到有人靠近，頭準確的轉向莫綱，隨即又像是無趣的轉頭拍拍翅膀繼續蜷縮著打盹。

「糟，是猲鷹。」

莫綱發現眼前物竟然是猲鷹後，心下湧出一抹擔憂，探了探衣襟內側，摸出了迷穀花，但是那花早已沒了四散的光輝，無力的垂下，枯萎。

他快步往回走著，煩躁的丟掉了迷穀花，面對𩿨鷹，迷穀花也沒用，迷穀花只能幫助人不被迷惑。

「大哥？」

「是𩿨鷹。」

「簡直一波未平一波又起。」行天只覺得額際隱隱作痛，不行，他們得想辦法，眼見就要出了堂庭山，他們不能因為𩿨鷹而走回頭路，可眼下這情形對他們很不利，他們現在進也不是，退也不是。

他們倆擔憂的看了看臉色慘白的元湘，她變成深紫色的唇有些嚇人，鉤吻草的殘毒必須趕快解，不然她死路一條。

他們兄弟倆要經過𩿨鷹身旁走出堂庭山絕對沒問題，但問題在她，她可能會無法活著離開。

𩿨鷹，平時總愛蜷縮著身體睡覺，不會無端攻擊人，既不貪食也不吃人，很少狩獵，是看似無害的怪物，但是牠愛吃的是人類的靈魂。

𩿨鷹能感應人的生命力和意識，牠對生命力旺盛、意識清楚的人類沒轍，可以說是毫無攻擊性，但是幾乎快失去意識的元湘可就危險了，對她來說，㷀鷹就像總是盤旋於屍體上方的禿鷹，等待著啄食失去生命力的腐肉。

㷀鷹總是等待著快要失去意識的的人，伺機而動，一旦發現可能的目標，就會像沉默的豺狼默默的一直跟在身後，趁隙慢慢的吸乾他們的生命力，直到最後一絲生命力都流瀉殆盡後，牠就會吃掉靈魂，被吸乾生命力又失去靈魂的屍體，會變得枯黑而乾癟。

被吃掉靈魂的人，因為沒有了魂魄，所以永世無法輪迴，徹徹底底的從這個世上消失。

「我們連殺牠都不能！」行天惱怒的低吼，衣裝底下糾結憤起的肌肉，讓背上的重明鳥都察覺了他的怒氣不敢妄動。

若是強行殺了㷀鷹，那些被牠吞下的靈魂就會化作惡靈破體而出，吞噬他們。

「如果佟凌在就好了。」莫綱神色清冷，不發一語的望著一旁的水塘，佟凌是強大的巫女，她能幫他們，可是他很清楚她絕對不會出現。

元湘覺得全身的力氣都被抽乾，她痛苦的看了看前方的㷀鷹，只有即將失去意識的人會被牠給吃了靈魂，而且，牠沒有眼睛，看不見她有多虛弱，所以，只要她保持意識清醒就行。

她到水塘邊掬起冷冽的水洗洗臉，試圖讓自己打起精神，又把水潑上身上的傷處，寒涼的水讓她全身又刺又痛，她嗚咽的喘著氣，她得快。

「我們走。」她渾身濕漉漉的，惡寒讓她的身體直打顫，但也讓她的意識更清醒些。

「會不會太冒險了？」行天緊繃著下顎，眼底的猶豫糾結著，能冒這個險嗎？莫綱緊緊抿著唇，在這一瞬，他明白也只能試試了，隨即一咬牙「走。」

只能這樣了，眼見即將日落，要是天暗下來遇上其他惡獸就糟了，他倆沒別的辦法，只能盡力護她。

元湘邁出虛浮的步伐，鉤吻草的殘毒就像要擊潰她的意志，在體內四處奔竄，襲擊著五臟六腑，她腳步一個踉蹌，不小心跌倒在地。

「站起來！」行天用力拽起倒在地上的元湘，現在不是憐香惜玉的時候，修長的指節緊緊抓著她的肩要她站好。行天瞅見前方只有幾步遠的堯鷹抬起了頭，朝他們的方向轉了過來，不能讓牠察覺！絕不能讓牠察覺她的狀況！

腦袋昏沉的快暈過去的元湘，因為行天粗魯的動作而吃痛又清醒了過來，她看著眼前黑色和白色的皮靴，虛弱的抬眼，她看到莫綱和行天的眼裡有濃濃的擔憂，還有強烈的堅持。

「快站好！」眼見她又快跌坐在地，行天又粗蠻的拽起她，因為痛而清醒都好，她必須保持清醒！行天因為寒風而飛揚的一頭銀白色髮絲，形成襲捲的暴雪，一如他狂風暴雪的擔憂和害怕，他憂她撐不住，他怕她的靈魂被彘鷹給吃了。

冷汗混著身上的血浸濕了她尚未全乾的衣，她顫抖著又重新站起來，再次邁開有如拖著千斤銅塊的步伐，跟著眼前一黑一白的背影走著。

前方的莫綱一直看著她，一到不得已的必要時刻，他就得有所行動。

元湘不知道自己哪來的力氣繼續走，她覺得自己的視線越來越模糊，她吃力的看著一黑一白的後靴跟，無力的垂著頭強迫自己跟上。

忽然，一股黑抹去了眼前兩雙靴子，她繼續走，卻再沒能站得住腳，那抹黑持續在眼前襲來，她腿軟的跌倒。

不行！只差幾步，再幾步就走出山口了，再幾步就能遠離彘鷹了，她不能倒！

她用力掐著自己大腿的傷口，已經止血的傷處又裂開，她又被痛得清醒過來，被冷汗濡濕的髮緊貼著她的後脖子，恍惚間，她想起了家人，想起了鄭雲，想起了還等著她施行還魂術的孫傑，她用力的喘氣要再站起來。

咿——咿——咿——不遠處的彘鷹抬起了頭，鼓噪的發出像鳥類的叫聲，面對著他們的身體開始站了起來。

行天背上的重明鳥鼓瞪著兩眼的雙瞳，察覺到了危險的氣息，開始不斷扭動想要掙開綁住自己身子的麻繩，低沉而嘶啞的淒聲鳴叫。

她朦朧的眼看到前方的彘鷹站了起來，慌亂的撐起自己的身子，拖著還流著血水的腿，一拐一拐，耗盡全身的力氣走著，然後摔倒，又再站起來，就這樣一直重複著，她即使用爬的，也要爬出這裡！

看著前方的彘鷹已經開始鼓動著翅，獸嚎低低的響起，行天急了。

「元湘，怎麼走路那麼不小心啊！跌倒了就站起來再走啊！」行天拉起倒在地上已經意識恍惚的元湘，心急如焚的往前拖著她一直走，拜託，騙過彘鷹，牠沒有眼睛，只要能騙過牠走出這個山口就行了。

「你們倆拖拖拉拉的幹什麼！不要以為我沒注意就可以偷懶！」莫綱很配合的想一起騙過彘鷹的耳朵，如果能誤導牠，也許還有一線希望。

被拖著走的元湘心口一陣悶痛，倏地嘔出一口黑血，她只覺得眼前的世界被擰得扭曲，她完全搞不清楚天南地北，莫綱、行天、彘鷹，還有所有的景物都歪斜得糊成一片。

「哎呀！就叫妳別吃那麼撐，這下好了，全給吐出來了吧！」

行天看到彘鷹豎了豎耳朵後，歪著頭，像是迷惑，不知道該相信自己的耳朵，還是相信自己的感應，忽然，彘鷹開始拍拍翅膀，準備要飛起。

行天冷汗涔涔的一手拖著元湘，一手抽出長矛備戰，他已經做好了最壞的打算，一旦彘鷹鎖定獵物，就會一直跟在目標的身後，然後牠會持續發出連綿而低沉的聲音，那聲音像是低聲歌唱的小曲兒，但卻會一點一滴吸走人的生命力。

彘鷹正打開翅膀，準備飛到元湘的身後跟著她，說時遲，那時快，莫綱猛臂一伸，倏忽扯下行天背後的重明鳥，緊掐著牠的脖子，另一隻手直接刺穿重明鳥的胸腔，活生生扯出牠的心臟，重明鳥還來不及哀啼就已經斷氣。

那心臟和著血還溫熱而有力的跳動，莫綱迅速將重明鳥的心臟塞到元湘的懷裡。

「拿好它！帶著走。」

僥鷹無法吃死屍的靈魂，因為死屍的靈魂會在死去的瞬間抽離，所以牠一向只等待還殘存著一絲意識的人。

僥鷹看不到眼前的情形，在牠的感應裡，他們一行人就是四個生命，其中一個是即將昏迷失去意識的目標。

元湘死命拿穩手裡還跳動的心臟，拖著她快速離開山口的行天忽然懂大哥的用意了。

心臟是任何生命依存的重心，而重明鳥的心臟之所以是施行還魂術的必須之物，是由於牠不但是神鳥，而且強而有力的心臟更可以重新燃起生命之火，讓脈搏恢復跳動，讓由巫女施了咒的屍體得以重新運作。

死去的重明鳥對堯鷹來說只是一具沒有意義的死屍，現在元湘拿著重明鳥具有神性而有力跳動的心臟，在堯鷹的感應裡，就是三個生命力旺盛的人類，重明鳥的生命泉源成功的掩飾住元湘目前的虛弱，那強大的生命力騙過了堯鷹。

堯鷹收斂起張開的翅膀，慵懶的又走回來趴臥在地上，百般無聊的打盹。

走出堂庭山的三人終於放鬆了緊繃的神經，鬆了一口氣，幾乎在同時，元湘昏死了過去，行天眼明手快的接過重明鳥的心臟。

莫綱先撿了個乾椰殼洗乾淨後裝了一些水，行天把漸漸緩下跳動的心臟放到裡面，從懷裡取出臨行前佟凌交給他的粉末，倒在乾椰殼裡，和水充分的攪和均勻，泡在裡頭的心臟很快又恢復有力的跳動。

行天背著元湘，三人在沒有星光的夜裡走著，在進入扭陽山前，他們在廢棄的木屋裡找到一個陶罐，他們把心臟轉移放入弄乾淨的陶罐裡，用布小心的包好帶著。

元湘一直沒有醒過來，他們不敢多停留，背著她直往扭陽山而去，他們得找大夫！

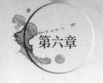

進入扭陽山後，這裡四處都是高大直入雲霄的巨木，粗大且四處蔓延的樹根露出泥土盤旋在各處，他們倚靠著微弱的月光，困難的走著。

終於，在他們眼前出現兩道火光，緊跟著一隻箭矢劃破夜裡的冷肅疾射而來，行天不費吹灰之力的就握住那把箭，在瞬間掌心就釋出強大力量將那箭震得粉碎。

「來者何人？」男聲戒備而小心。

兩人高舉雙手，顯示自己不帶惡意。「我們有人中毒，需要幫忙。」

莫綱和行天不敢妄動，等著火光慢慢來到眼前，這才看清來者是一對年輕的男女。

第七章

初陽微微探進了巨木成蔭的森林，林蔭深處古木高聳入雲，巨大茂密的葉偶爾跟隨著風沙沙起舞，讓幾許暖陽撫觸了潮濕泥濘的大地，這裡像是千百年來從無人造訪一般，與世隔絕而靜謐，維持著千年來始終如一的肅穆。

一潭清流瀲灩著波光，映照著來者，男子面如冠玉的俊顏揚著如燦的目光，領著她踏著穩健的步伐往林深之處走去。

「阿傑，我們究竟要去哪兒？」元湘如柳的身子艱難的扶著她兩手也無法環繞住的巨木，跟在孫傑的身後走著，她挽起的髮有些散亂，白嫩的臉上泛著薄汗，靈俏的大眼睜著圓溜溜的眼珠子繞啊繞，充滿著好奇。

「就快到了，妳不是強悍如牛有那麼不耐走？」醇厚帶笑的嗓音應和著遠方隱隱的鳥鳴，隨著一縷縷的薄霧在這鬱鬱蔥蔥的林間旋繞。

「我健康得很，但誰說我像牛？」奇怪，她怎麼有種被損的感覺？她高昂著纖細的下巴，一雙美目懷疑的盯著他。

他不以為然的掩笑應聲，沒有答話。

他們繞過了一棵又一棵千年的神木，踏過盤繞在泥地表面糾結的巨大樹根，不斷往杳無人煙的寧靜之處走去。

「到了。」他指著眼前和剛剛沿途走來沒有多大差別的風景。

「就是這裡？」她狐疑的看了看，這裡硬要說有什麼不同的話，就是有棵樹特別粗壯，特別高大，大概有五個她直直排開那麼粗，高聳的樹直直破雲而上，完全看不到盡頭。

「這是若木。」孫傑撫著最高的那棵樹，粗糙的樹幹刺得他有些疼，眼波流轉著幾許滄桑、幾許思念。

他常常獨自一人到這裡來嗎？元湘思忖著孫傑帶她來這裡的用意。

「自從我娘離開後，只要我思念她，我就會到這裡來。」他的語氣很輕、很輕，輕得感受不到起伏，感受不到哀傷的重量。

她心裡一顫，她能明白他心裡最深的痛，家破，人亡，這種事沒有誰能灑脫看待。

「太陽從東方扶桑樹而出，落於西方的若木。若木，它擔待著夜的黑，守護著黎明的希望。」

她不太靈光的腦袋好像稍微能理解什麼，但又不是那麼確定，正想開口，他又繼續往下說。

「自古以來人們總是相信高大破雲的神木能溝通天上和人間，就像是天人兩界的橋梁，思念，就如這直入雲霄的神木一樣，能參天。」

她覺得有點想哭，她就說嘛！一個家一夕之間全變了調，怎麼可能不痛苦。

「每次，只要想起娘的時候，我就會到這裡來。」他內心的思念需要一些宣洩的出口，唯有如此，他才能再次挺直腰桿繼續走這趟人生的路。

除了讓孫傑知道他還有她，還有她願意陪著他、幫著他之外，她真的不知道該怎麼安慰他。

不，他要的也不是安慰，他只是需要一個人默默陪著他。

滄海桑田，景物都因為時間的推移而改變，而人的心又怎能依舊？他們兩個，都已經回不到過去的無憂無慮，未來只能堅強的走下去。

她被憂傷擰住的心有些喘不過氣，渾身汗濕的黏膩感讓她有些浮動，頭很暈，暈得她搞不清楚方向，不曉得身在何處。

※※※

一身柔白衣裙的李蓉挽起了寬袖，脫俗的柳眉興起了擔憂，她拿著冷布巾擦拭元湘渾身的冷汗，這兩天來她總是不斷囈語，雖聽不清她到底說的是什麼，但她的模樣看起來非常痛苦。

一身蒼衣的柯銘拿了盆清水進來替換，眉宇間透露著內斂的沉穩，他不言不語的放下水盆後就要走出去。

「等等。」

聽了愛妻的叫喚，柯銘停下了腳步。

「我現在想想真覺得你那天夜裡莽撞的一箭很不該，只慶幸還好沒傷著了人。」她越想越氣，她這個丈夫什麼都好，就是做事太衝動魯莽了些，要是那一箭射中了元湘，那她還有命嗎？

她微慍的眼波是最柔軟無害卻也最鋒利的劍，饒是柯銘這樣一身武藝卓群的男子漢，遇上了李蓉也只能化作流泉，有再多的怨氣、怒氣也流水般的流去。

柯銘的頭起先低低的，然後緩慢的抬起頭，玄不見底的黑眸望著愛妻，有一絲歉疚。

「我日後行事會當心些。」

李蓉看著一向一臉陰鷙又不苟言笑的丈夫低頭認錯的模樣不禁有些失笑，心也柔軟了下來，他這樣要她怎麼氣得起來？

「好啦！你先去看看元湘的藥煎好了沒。」

柯銘微微一頷首就走了出去，走到屋外他見窗櫺大開著，他把上頭的布簾拉下，確保裡頭的人不被寒風凍著，才安心的往前院走去。

前院，莫綱和行天一個擦拭著銀鍊，一個顧著爐火上的湯藥。

「還沒醒，這是新的方子。」柯銘隨手將大夫剛剛開的藥方拿給莫綱。

兩天前在林子裡發現了他們，那時天色昏黑，他遠遠看不清楚來人，原以為是匪類之徒，他不能讓李蓉受到任何傷害，所以先發制人，但也……慶幸沒錯傷了他們。

他跟著兩人在小凳子上坐了下來，若有所思著，隨即抽出了隨身佩帶的長劍，拿起了一塊棉布沾了油開始擦拭著劍身。

「你們怎麼會到扭陽山來？」這兩日大夥忙著照顧中了毒又發著高燒的元湘，沒能好好細談，直到今日狀況才稍微穩定下來。

這是個混亂又戰事頻繁的時代，強悍的部族總是見到了豐饒富庶之地就舉兵攻占，所以他們嘯騰族一直以來男子都必須懂武，女子最少也都必須學會使用一種兵器，要有自保的能力。

一如他們族裡的圖騰——狼一樣，保持高度警覺性，時時戒備著，因此貿然讓陌生人到家中借住，實在無法讓他完全放下警戒心。

「我們要到壇爰山尋找還魂術的施行之法。」

「還魂術？」柯銘停下了擦拭的動作，有些不解。

行天搧著火，查看了下陶壺，一邊補充。「還魂術能讓只剩下一口氣的將死之人活過來。」

「是裡頭那姑娘吧？」柯銘雖然聽了有些不以為然，他不認為這世上有起死回生之法，若有，也只存在於天界，人類憑一己棉薄之力又豈能改變生死的命數？而且，那天夜裡，他有注意到被行天給弄得粉碎的箭矢，常人哪有這般能力？雖然這兩天來他看這兩人也不是惡人，但無法不多一分謹慎。

「沒錯，她雖不懂武，但她的機靈和毅力卻令人敬佩。」身形偉岸的莫綗站了起來，將拭好的銀鍊重新捲成一捆，負上了肩。

莫綗深刻的五官不起波瀾，極佳的聽力讓他回頭看了正開啟的門扉。

「她醒來了，趕緊燒柴備水。」李蓉紅唇噙著淺淺的笑，高興元湘昏迷了兩天後可終於醒了，這兩日來她渾身的冷汗浸得衣裳乾了又濕，該好好洗梳一番，也暖暖身子。

幾個大男人頓時忙碌了起來，燒水的燒水，煎藥的煎藥，柯銘見天色不早，妻子又忙碌著，也著手準備起晚膳來。

庭院一隅，扶疏的花木搖曳而生姿，外頭寒意沁人，屋裡頭燈火燦燦，酒酣耳熱。

恢復了精神的元湘在李蓉的幫忙下，洗去了一身的狼狽，換上簡約的月牙白衣裳，長髮盤了個簡單的髻，雙唇也不再因為殘毒而泛著紫，恢復了健康的紅潤，充分的休息也讓她的氣色更好，從窗櫺灑進的晶瑩月色襯托她的肌膚猶如水凝。

「哇！沒想到妳這丫頭裝扮起來也是個美人胚子。」行天睨了元湘一眼，一頭流瀉的豐沛銀絲襯得他的俊顏英朗，綿長而深幽的目光帶著稱許。平日看這丫頭總是揮汗上山下海，沾染一身泥沙，沒想到裝扮起來也清麗嬌俏。

「人家丫頭只是平時不裝扮。」平日不苟言笑的莫綱，今日幾杯黃湯下肚也收起了內斂深沉，跟鷹一樣敏銳的眼也增添了柔和的目光，讓他看起來更平易近人了些。

「人家眉是眉，眼是眼，本來就生得標緻。」李蓉帶著元湘在餐桌坐了下來，今日想著她大病初癒，所以讓柯銘準備小米粥和清爽的菜色。

雪菜悶肉、翡翠韭黃、蓮子煨腐皮、蘿蔔絲烘蛋，菜色簡單卻美味，再拿罈自家釀的陳年紫蘇酒，大夥吃得不亦樂乎。

「元湘，要不要試著學習使用武器？」元湘他們的事李蓉從丈夫那聽說了，她欽佩元湘勇往直前的勇氣，若換作是她大概沒有那種勇氣拋下一切遠走找尋還魂術，但她深覺路上驚險，若能學會一樣武器，就算不能殺敵也能自保。

元湘抬起頭，眼眸有些茫茫然，學著使用武器？是啊！她是該學，這一路來，有太多危急的場面，如果她也能有自保，甚至攻擊的能力，就不會拖累莫綑和行天，也能早點找到魚婦。

但是，她有辦法嗎？她沒有自信能學好。

柯銘看出了元湘的迷惑。「武器有很多種，也有適合女子學的，我們嘯騰族也不是每個女子都力大擅戰，像我妻子學的就是輕巧的弩。」

「是啊！弩拿起來不重，又不像弓需要強大的臂力，但速度和殺傷力卻也不差。」

李蓉暖暖的目光看著元湘。「如果妳願意，我可以教妳。」兩個人都是女孩子，教起來總是少了一分隔閡。

「等等！妳要教她可以，但練射時我必須在場！」柯銘聽了趕緊立但書，他這妻子一腔俠義熱血沒錯，但有時也迷糊過了頭，他可不願她們出什麼差錯。

「是，柯大人。」李蓉唇彎笑笑，軟言軟語的應允她這個緊張過了頭的丈夫。

元湘看著這對夫妻鶼鰈情深的互動，想起了從前她和孫傑也時常鬥嘴嬉笑，她忽然想起了昏迷時的夢，和孫傑一起到森林裡尋找若木的夢，她感到悵然。從小，她就覺得自己好像什麼都做不好，這是她第一次這麼奮不顧身的決定做一件事，她怎麼能退縮？她怎麼能故步自封？又怎麼能一直依賴莫綱和行天？如果她不增強自己的能力，她也可能在找到魚婦前就沒命了。

「請妳教我。」她的臉頰經過這些日子的折騰有些消瘦，但堅毅的眼目光炯炯，她得突破自我，她得變強，她要救孫傑，她沒有辦法眼睜睜看著生死與共的好友死去。

「太好了。」李蓉高興的給了元湘一個大大的擁抱，轉頭看著柯銘。

「你明日練完兵中午會回來吃飯，順便看我們練射對吧？」

「……」柯銘有些無語，他平日的工作是訓練族裡的兵，通常李蓉都會給他送午食過來，偶爾工作量較少得閒才會回家吃，但現下看來似乎沒得選擇。

「會不會回來嘛？」李蓉蔥白的食指戳戳丈夫的肩窩，有些嬌嗔的撒嬌著。

「明天午時會回來。」柯銘無奈的應允了，沒辦法，每次妻子來這招他就無法招架。在外，他是嚴厲又威名震震的兵將；在家，他卻是一個被妻子的一顰一笑牽著走的傻漢。

這夜，不斷喝著紫蘇酒呵呵傻笑的莫綱，發著酒瘋胡言亂語的行天，總有聊不完話的元湘和李蓉，還有一個無奈的柯銘，在喧囂過後終於還給天地一個平靜的夜。

翌日清晨，夜裡下過雨的初春依然寒氣逼人，枝頭的粉色小花隨著寒風的腳步捲啊捲，旋繞了幾個姿態迷人的迴旋舞步，緩緩落到了元湘嬌小的肩頭上。

元湘的手裡拿著一把木製的弩，上頭還嵌著青銅製的機身，這是李蓉用過的舊弩，雖然是舊弩，但仍保持得很新，木製的把手沒有缺損，青銅機身也沒有生鏽。

「來，妳看，妳現在手裡握的地方是努臂，這是妳的手要牢牢拿穩的地方。」李蓉握著元湘的手，親切的教她手該怎麼握，她打算在柯銘回來前先讓元湘熟悉一下弩。

元湘握穩弩臂，將前頭的弩弓往外對著遠方的稻田。

「弩臂後頭這塊青銅的機身是弩機，妳瞧，這弩機上方有個匣子，妳要把弩弓上的弦往後拉，將弦固定到這匣子裡頭的『牙』上。」

元湘歪著頭跟著李蓉的說明仔細瞧著，原本看似複雜的弩，在她細心的說明之下變得容易理解。

「我們現在將弦固定到牙上頭，到真正要射擊的時候，再把箭放到箭槽內。瞧，牙的後頭有個『望山』，望山是用來瞄準目標的，射殺敵人的時候，望山必須瞄準對方要害。」

礙於柯銘的警告，她們現在還不能真正放箭，只是將弦固定好，學著弩的使用方式。

「記住，在射擊前，望山的頂端要和目標成一條直的水平線，這時妳只要扣下這個『懸刀』，箭就會射出去。」

元湘聚精會神的學習著，李蓉也非常有耐心，每講解一些，就拉著她的手帶她做一遍，哪裡該拿穩的，哪裡該注意的，都沒有一處錯漏。

慢慢的，元湘對弩大致上都已經熟悉，只剩下實際的練習而已。

「我們裝上箭來試試吧！」李蓉轉身到一旁的木桌上拿起早已備好的箭矢。

「呃……妳丈夫說要等他回來的。」她想起柯銘厲聲警告又帶著焦慮的模樣，不禁有些失笑，這人，很愛妻。

「哪這麼麻煩？不然請莫綱和行天來一旁看著好了？」她瞧這兩人肯定懂武。「他們倆昨晚喝得一塌糊塗，現在還睡著呢！」若不是經過昨天，她還不知道這兩個看起來高大俊偉的大男人酒量那麼差，那麼不禁喝。

李蓉嘆了口氣，仰頭看了看天色。「怎麼還沒回來？剛剛備好的飯菜都要涼了。」

不管了，就做吧！也不是第一次用弩了，又不是不會，何必那麼大驚小怪？

「這樣吧！妳的弩先別放箭，妳先看我做一遍。」

她拿了塊木板走到自家前院邊側，在前院外圍的竹籬笆上將木板固定住後又走了回來。

「妳看好我怎麼做囉！」她握住弩臂，將固定在弩弓兩側的弦往後拉勾在突起的牙上，然後拿起一把箭放到了箭槽內，將箭和弦一起拉穩後，李蓉的視線透過望山對準前方的木板，隨後扣下懸刀。

隨著懸刀的扣下，牙向下縮起，弦沒了固定的支撐彈了出去，只見那箭疾飛而出，準確的射中那片木板，木板隨即碎成數片。

元湘看得有些目瞪口呆，在自己的家鄉巴朗族她還沒見過哪個女子如此厲害的，她那雙水波流轉的黑眸先是呆愣，而後轉為欽佩，最後興起一絲激勵，她也想要學得像李蓉這般好。

「是不是該吃飯了？」兩個因為射得準確而興奮不已的人聞聲轉頭，才看到一臉陰鬱的柯銘早已拿著碎裂的木板和那支箭矢站在那。

「嘿嘿，當然吃飯啦！都過了午時了，我也該去叫莫綱和行天起床了。」她看著一臉陰霾的丈夫有些心虛，想趁隙開溜。

「他們我去叫就行，妳把碎木片和箭收好。」他的嘴角有些抽搐，這女人根本沒把他的話放在心上，但誰叫他拿她莫可奈何呢？

這頓午飯吃得有些不自在，酒醒的莫綱和行天一邊豪邁的扒飯，一邊觀察著另外三個人。

李蓉的頭一直不敢抬起來，和她最多話聊的元湘表情看起來好像有點歉疚，也一直低著頭小口吃飯，柯銘的臉看起來像蘊含著一絲怒氣。

「咳……。」莫綱輕咳打破一室沉默，詢問的眼神瞥向柯銘。

柯銘見來者是客，一五一十的說出他是如何交代這兩個女人應該要在他在時才能練箭，李蓉又是如何無視他的話，拿自己和元湘的安全開玩笑。

「就只是因為這樣？」莫綱聽完覺得額際的青筋跳動得厲害，不知道該說些什麼，這叫什麼？愛妻心切？還是緊張兮兮？

行天忍不住笑出聲，那笑聲很輕、很輕，像輕拂的春風，卻奇異的柔化了一室沉寂的氣氛。

「這有什麼？還有咱們倆哪！咱們兄弟也懂武的。」她們練弩，他們在一旁看著就是了，這個結有什麼好解不開的？人就是這樣，總是為了再小不過的事兜圈子，苦過一回後，到頭來才發現其實拐個彎，一切都會不同。

「誰叫你們倆醉倒到午時？」元湘沒好氣的點出最大的盲點，他們就別那麼不禁喝，早些起來不就什麼問題都沒有了。

兄弟倆聞言只得裝作不知情，草草帶過話題。「那就這麼辦了，之後你去練兵，我們就盯著她們練弩。」莫綱速速下了定論，結束了這個爭論。

就這樣，他們一行人又在此停留了一段時日，元湘把時間都拿來練弩，直到臨行的這一日。

入了春，庭院的桃花樹結出了花苞，點綴了微寒的晨間。

屋內，除了元湘一行人和柯銘夫婦外，還有一位老者，飽經風霜的眼角有幾道深深的皺紋，那眼卻藏不住睿智，他的手上正拿著一大把蓍草。

「元湘，我公公是族裡擅卜卦的長老之一，臨走前聽聽無妨。」李蓉的公公在族裡聲名不小，算卦算得準，知道元湘今日要走，一早便趕緊把他老人家請過來。

只見老者將手中的那捆蓍草分成兩邊，手中像是有某種規律的一邊排列著那些蓍草，嘴裡一邊唸唸有詞，卜算完畢後，他看著算出的卦象皺了皺泛白的眉，有些沉默。

「如何？」柯銘看自己父親對著那卦象不發一語的樣子，有些著急又有些不解。

「是艮卦。」終於，長老開了口。

「艮卦？」元湘身著一襲淺青的衣，為了行走山路方便，下身改穿褲裝，讓她看起來少了一絲柔弱，多了一點江湖兒女的灑脫之氣，此時她清靈的眼透露著困惑。

「小姑娘，我是不曉得妳跋山涉水所為何事，但此時的卦象透露出妳最好停止，尤其，遇山則止，不宜前去。」長老的語調很淡，但有濃濃的勸阻意味。

停止？她怎麼能停？元湘覺得自己的腦筋糊成一團。

「在這個世間，不是凡事都得往前走才有收穫，總是會遇到一些行不通的事，這時不妨停下來，未必是壞事。」

「長老，謝謝您，但是我沒有選擇，我只能往前。」如果她就此放棄，她這輩子的日子都無法安生，人生不過數十載，若連勇於追求的勇氣都沒有，那她的生命裡還剩下些什麼？

「小姑娘，記住，能果敢的停下來，需要很大的勇氣，停下來並不等於退縮，勇往直前不見得是最快的那條路。」他看得出來這小姑娘很倔，他無法阻止什麼，只是究竟是橫衝直撞弄得頭破血流強些？還是停下來回頭再細細思考強些？只能由個人品嘗其中的酸甜苦澀，沒有誰能代誰受。

「真的很感謝您。」元湘深深的朝長老一鞠躬，她感謝長老願意同她說這一番話，但她不能就此打住，後頭的莫綱和行天也跟著低頭致意。

第八章

誠心的謝過長老，依依不捨地和柯銘、李蓉道別後，他們三人背起行囊離開了扭陽山。根據莫綱和行天這些日子的探聽，發現扭陽山其實離魚婦所在的壇爰山不遠，只要再穿越三個山頭就能到達。只是離開扭陽山後，就杳無人煙，在到達壇爰山前，除了柯銘夫婦所在的嘯騰族外，沒有其他部族。

一行人除了最基本需要的休息外，幾乎是馬不停蹄的趕路，在穿越了兩座山後，終於抵達離壇爰山不遠的柢山。

莫綱在前頭探路，元湘跟在他身後抬腳往前走，山路顛簸，她一腳踩穩後，才又踏出另一隻腳。「停下來並不等於退縮，勇往直前不見得是最快的那條路。」那日臨行前長老的一席話還言猶在耳，像最灼人的酷刑，不斷侵擾著她的心。

勇往直前不見得是最快的那條路？她這幾日來一邊趕路一邊思索著那番話，但是孫傑的命朝不保夕，她還有別條路可以選嗎？她銜著淚也只能往前。

漫不經心的思索著，她腳步沒踩穩踉蹌了一下，她慌亂的抓住一旁的矮木想穩住身子，走在後頭的行天一掌支撐住她的背脊，好讓她穩住腳步。

「妳分心了，而且渾身僵硬，想太多只是勞心又勞神，很耗費心力的。」行天黑中帶銀光的深眸若有所思的望著元湘，這幾天趕路他一直都走在她的後頭，不會看不出她的分神。

「在此休息一會兒吧！也該找找今晚紮營的地方了。」在前方探路的莫綱折了回來，將裝有重明鳥心臟的布囊小心的放下，和行天在附近整頓出一塊空地好紮營。

元湘用弩獵了隻野雁，多虧當初有李蓉的耐心教導，還有這些日子在山裡實際狩獵的練習，她現在對於弩的使用已經非常上手了，她將野雁交給行天後，便被一旁矮樹叢上那小小的花吸引住了目光。

「是黃楊呢！」春天到了，黃楊也開了，黃楊的花瓣小小的，白中帶點黃，蕊芯很突出，遠遠的看像是一隻隻小白蝶在枝頭上棲息著。

她從前，還曾經和孫傑一起採過黃楊呢！黃楊入藥能利氣，她時常幫忙家裡採藥，孫傑閒來無事也會來幫她。

想著，觸景生情，她的眼眶有些痠澀濡濕，如果她救不回孫傑，是不是就像現在一樣，一切只剩下過往的回憶了？但一個人怎麼能只靠回憶過日子呢？那樣的畫面她不敢想像，不敢想像孫傑就這麼離開這個世界，也無力承受這個結果。

「能幫忙撿些枯枝嗎？柴火不太夠。」莫綱假裝沒看見她眼角殘留的淚，試圖分散她的注意力。

元湘回過神來，用袖子抹了抹臉，朝莫綱點了點頭，去撿拾柴火的她，沒聽見莫綱和行天的私語。

「大哥，究竟佟凌大人派我們倆來的用意是什麼呢？那長老的卦象言之有理，這一切早該停止，不，甚至根本就不該開始不是嗎？強行干預生死的命數，是逆天之舉哪！」吹不盡的長風承載著行天悠悠的嘆息。

「有些事沒有明白的道理，什麼也不知道或許還輕鬆些。」看著不遠處專心尋找枯枝的元湘，莫綱剛毅的臉部線條有些緊繃，這世界，沒有絕對的對錯，只有選擇與否，既然這是他們的任務，那照做就是了，知道的太多，或許就變成一種羈絆。

就像元湘和孫傑一樣，其實朋友還可以再交新的，但這兩人的情感太深，打從心裡認定了這份情誼，就一輩子都認定，但孫傑今日的情況又豈是一個常人所能左右？但即便如此，元湘還是放不下，也不願放，因為，他們彼此的牽絆太深，有任何一方陷入困境，另一個人絕對不會坐視不管，他們的情感全繫在對方身上，不願置身事外。所以對元湘來說她沒有別的選擇，只要還有一絲希望，她都要尋找還魂術，因為維繫和孫傑的友情比什麼都重要，她無法接受孫傑從她的生命中消失。這樣的情誼究竟是傻還是堅毅，他不予置評。

以現在的情況來看，他們也只能盡力助她找到魚婦，剩下的事就不是他們能管得著的。

「你們來看看，這兒有個大水塘，裡頭好像有魚，咱們今晚可以捕魚吃。」那方的元湘朝著莫綱和行天大弧度的向上擺動雙手，示意他們過去，她的聲調有些興奮，畢竟離開嘯騰族後的這些日子以來都在趕路，一路上也甚少遇見飛禽走獸可以獵食，大部分都煮食野菜度日。

莫綱和行天笑著大步邁開步伐前去。「一隻野雁不夠咱們三個人吃，我們再捕些魚也好。」

「這時候我的長矛就派得上用場了。」行天除了有強大可高達數百噸的握力，也擅用長矛，若把這股握力傾注於長矛之上瞬間疾射，那破壞力驚人甚至可以劈山。這長矛可真好用，在戰鬥時是一種強大而且有利於遠距離攻擊的武器，閒來無事還可用來捕魚，行天想著不禁有些莞爾。

兩人走到大水塘邊，發現這水雖有些濁，但還能看到水裡確實有些游動的魚，原本以為山裡順著溪流游到這裡的魚體形應該不會太大，但從魚身悠游而過興起的水波來看體形似乎不小，烤來吃應該很肥美可口。

「咱們今晚不但有野雁，還有烤魚，我再去採些野菜就更豐盛了。」元湘潤白的臉頰因為高興笑著而起的小酒窩讓她的笑容看起來更加燦爛。

一向喜怒哀樂不形於色的莫綱也被她愉悅的心情感染，揚起了淺笑。「等行天捕完魚咱們就去採野菜。」畢竟地處深山，放她一個女子離開他們的視線範圍也不妥當。

行天從背後抽出一支長矛，一雙俊美而眼角微揚的燦目如同盤旋於高空等待著攫食的鷹，直勾勾的望著塘中水波的流動，倏地，他手中的長矛迅如雷霆，疾刺而下，準確的貫穿魚身後，將長矛往旁邊一甩，將那條肥碩的魚甩到了草地上。

「這是什麼？」元湘看清了捕上來的那條魚後驚呼一聲，連忙退了好幾步，有些花容失色。

只見那淺紅魚身的長度大概有人的一整條胳膊那麼長，魚體肥碩，嚇人的是這條魚腹鰭之後的後半段身體居然是赤紅的蛇尾，這是一條一半魚身，一半蛇身的怪魚！

最讓眾人驚訝的還不只如此，只見那條魚的腹部剛剛被行天長矛刺穿的血窟窿，居然正慢慢的癒合。那條離了水的魚雖然不斷掙扎著，但是半點也沒有生命力消退的跡象，還像是有自我意識般的在草地上往水塘方向彈跳著，打算這麼彈著身體回到水裡。

「行天，再捕一條！」莫綱的臉色很難看，這算是怪物的一種？

「遵命，大哥。」他長矛一叉又刺中一條，手腕一轉將第二條魚甩上草地，乾淨俐落的動作絲毫沒讓那濺起的水花沾染上他的一身白衣，姿態從容有如臨仙。

和剛剛那條魚一樣，都是半魚半蛇，這條魚是栗色，但蛇尾的顏色依然是奪目的艷紅，一身怪異的色彩讓牠看起來增添幾許詭譎。

莫綱端詳著栗色的魚漸漸消失的傷口沉思著，忽然他從肩上抽出銀鍊，朝著那魚迅捷的鞭下，只見那魚身和蛇尾的交接處硬生生被劈成兩半，莫綱一腳踢開那沾了血的斷尾，審視著只剩一半身體的魚。

只有半截身體的魚沒有死去，魚鰓一張一闔的，就像剛剛紅色的那隻一樣，牠朝水潭的方向，用力彈跳著幾乎流乾了血的殘破軀體。黏膩糊成一團的破碎內臟，因為彈跳的力度過大而從傷口處掉了出來，散落在草皮上。

那傷口斷裂處又慢慢新生皮肉，上頭還可以看到薄薄小小的蛇鱗。

元湘看著那畫面忍不住一陣乾嘔，這是什麼？究竟是什麼？眼前違反自然法則的情景讓她混亂，她覺得一切都已經偏離了常軌。

「大哥，這怎麼可能？」這魚竟是不死之身！即便身體斷成兩半，流乾了血，卻還能再生蛇尾，然後依然活蹦亂跳。

等等，蛇尾，問題在蛇尾。

蛇自古以來就有再生不死的意象，也象徵生生不息的生命力，人們害怕蛇，但也崇敬蛇，擁有蛇身的怪物通常被視為具有神性的物種，而半人半蛇的神，擁有無窮的生命，地位更是無法比擬的崇高，主宰著天地萬物，就像女媧和伏羲。

但是，這些魚的蛇尾為什麼全是紅色？照理來說若是那魚本身就長有蛇的尾巴，那尾巴應該跟身體是一樣顏色才對，就算不完全一樣，也理當不會差太多。

行天看向被莫綱踢得老遠的紅尾，再看看另一邊在草地上彈跳著的栗色魚身，這兩半身體感覺就像是被刻意接起來一樣，但是誰會做這種事呢？行天搖了搖頭，覺得這個想法太荒謬。

他抓起長矛，一個前翻又飛躍到潭邊一連捕捉了三隻魚，矛上連串著的三隻魚顏色有淡橘、有淺藍，還有黃色，但帶有蛇鱗的尾巴無一例外清一色都是紅色。

「尾巴為什麼都是紅的呢？」元湘壯著膽子湊到行天身邊觀看著，也歪著頭苦思，這整條魚的顏色真是怎麼看怎麼怪，很不自然，很不協調。

「有沒有可能是有人用了什麼術法給魚接上尾巴的？」雖然行天覺得自己的這個想法很可笑，但是他真想不出還有什麼可能，天地之大，什麼不可能都有可能。

「但是這種事真的有可能嗎？接上尾巴的用意又是什麼呢？」要找來那麼多紅色的蛇，再把所有的魚和蛇的尾巴都砍斷再接起來，元湘無法理解這種聽起來荒誕不經的事。

莫綱一個人站在水潭邊一動也不動的思索著，這裡非常靠近他們要去找尋還魂術的壇爰山，雖然說有不死魚很荒謬，但是還魂術這種事就正常嗎？或許他們都多想了？純粹是因為長久以來的天地靈氣所致？

正當他細細沉思時，忽然他注意到潭面上除了有漂浮的落葉和細枝，其中還有沒仔細看不會察覺的小小圓點，他以超乎常人的絕佳視力注視著那圓點，有些是紅的，有些紅中帶紫。

春風乍起，吹得水潭上方四周的果樹沙沙作響，也吹得眾人犯起涼意。這陣風又吹落了好一些綠葉，一時間，漫天隨風款擺身姿的葉幾個迴旋，又慢慢輕點水面停了下來，下了一場生機盎然的葉雨。

飄落至潭面的葉夾雜著新的紅色圓點，那是隨著落葉掉下來的，莫綱猛地順著剛剛落葉的方向抬頭一看，這一看他立刻領悟了。

他知道了！這些魚不是被劈成兩半再接上蛇尾的，這些魚是因為吃了那些果子！

「行天，你看那些樹！」

「樹？」行天順著莫綱的視線抬頭，瞧著沿著水潭邊上方生長的樹。

「不就是桑樹嗎？結了桑葚的桑樹。」

「你看仔細，真是一般桑樹嗎？」莫綱真想狠敲他的頭，這樹他們兄弟倆有段日子天天見的。

行天搔了搔銀亮的髮，看向那與一般桑樹有些不同的葉，比桑葚再大些、再紅潤些的果實，忽然間一段熟悉的記憶排山倒海而來。

「大哥，這是一寸葚？」

「一寸葚？」元湘訝異的迅速抬頭查看。

「沒錯，是一寸葚。」

「一寸葚怎麼可能長在這裡？這種樹人間不可能有！」行天啞然，不可置信。

「一寸葚我在古籍醫書上讀過，傳說中的一寸葚是一種不死果，並非凡物，只存在於天界。」那本醫書上甚至沒有一寸葚的圖，因為這只是傳說中的不死果，所以根本沒人見過。

「有果似桑，味酸性平，曰一寸葚，食之不死。」

「大哥，一寸葚凡間不可能有，但居然出現了！普天之下只有靈霄寶殿的後花園和崑崙山才有，一寸葚只生長於神性之地。」之所以那麼確定是因為他們倆曾經短暫的在崑崙山代替負傷的看守仙獸看管過一寸葚。

所以這些魚之所以能不死，是因為吃了被風吹落於水潭的一寸葚之後發生變異。

一寸葚在仙界也不是想吃就能得到的，所以都得派仙獸看守，嚴加看管，但是在這柢山深處，一寸葚居然是這些魚的每日食物。

「這件事到時稟告佟凌大人再由她定奪，現在，去採野菜然後填飽肚子，天色黑了，別多耽擱。」比起行天的誇張反應，莫綱顯得沉穩許多，淡淡的下了指令。

比起前幾個只能吃野菜的夜晚，今晚雖然沒能吃上魚，但至少還多了隻烤雁。

莫綱撕了隻皮烤得脆香的雁腿遞給元湘。「明天就要進入壇爰山了，是此行的最終目的，還魂術成不成就看明天了，今日吃飽些，早點休息。」

「多虧你們我才能走到這一步。」她由衷的感謝莫綱和行天，雖然她不知道這兩人究竟是仙還是妖，但他們的好她都看在眼裡，當然，她也很感激佟凌。

從招搖山出發至今也月餘了，不知道家裡如何了？雲姐還好嗎？孫傑可還安在？

她清麗而略顯纖瘦的臉兒充斥著淡淡的愁，愁緒恰如那春草，萌芽，壯大。

驀地，她的左肩頭遭到小小的撞擊，她這才回過神來。

行天用肘輕撞她的肩，斷了她那越理越亂的思緒。「我所知道的元家丫頭可不是如此多愁善感的人。」

「其實我都不曉得我究竟是怎樣的人呢！」過去的日子好像還來不及細數，就糊里糊塗的長大了，她從來也沒有思考過自己究竟是怎樣的人。」

「會害怕但還是勇敢邁出第一步，想放棄但還是堅毅的做下去，很脆弱但願意努力讓自己變得更強一點。」莫綱代替她回答。

「我家大哥平時可是很寡言的，妳算是讓他話講得多的，可見他是真心欣賞

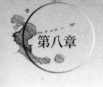

妳的，是吧！大哥？」

莫綗別過頭去，不明顯的點了個頭，耳根子似乎還泛起一抹的紅暈，有人不好意思了。

「少囉嗦，還不睡？明日就要到壇爰山了可不能晏起。」莫綗粗理粗氣的把剩下的零星火光滅了，把大家趕去睡覺。

顧全莫綗的面子，加上真的累極，沒人多抗議，不消片刻，他們地為枕，天幕為被，只剩均勻的呼吸聲。

是夜，雲中的淺淺月光，給天地鑲上了一層淡淡的柔邊，月下的三人睡得酣熟。

枝葉繁密的樹下，無聲無息的腳步靠近著，她一身的白衣在月暈下染上一絲沉寂，黑髮如瀑襯托著她的肌膚白皙如雪。

佟凌羽睫如扇，凝視著元湘潔白素淨的睡顏。「妳不宜待在招搖山，所以，別怨我。」她興嘆著幾乎無聲的呢喃後又消失了。

※※※

翌日清晨，三人穿越了壇爰山入口處的林子後，看見的是一整片青翠的農地，上方有著碧藍如黛的流雲，周邊綿延著一整圈七彩斑斕的花草，在陽光的照耀下遠遠望去像是散發著琉璃光彩，農地邊有好幾戶零零散散的人家耕種著作物。

「魚婦……就住在這裡嗎？」元湘問得有些遲疑，因為這個地方看起來太美、太與世無爭，好似不曾有外人探訪過的雲仙之地。

「問問人吧！」莫綱慵懶的微瞇著眼縫，掃視著周遭，魚婦就住在這裡？不無可能。

三人往農地走去。「請問妳有沒有聽過住在這兒的魚婦？」元湘問了個正在春耕的女孩兒，這女孩兒眉目靈秀，因為勞動頸上泛著薄汗，一頭黑髮簡單的在腦門後頭紮了個高髻，看上去不過十三、十四歲。

「妳找魚婦？」女孩兒停下了動作，轉過頭來的那雙星眸閃過一絲驚愕，但是很淡、很淡，隨即斂去。「我們全村的人都聽過魚婦。」

「是。」三個人都微訝，他們怎樣也沒想到事情會如此順利。

「但也只是聽過，沒人真正見過她。傳聞她住在後山，但那裡被我們視為禁地之處，沒有人敢到那裡去，況且……」她講到這裡忽然頓了頓。

「況且？」行天很好奇她沒說完的話。

「況且在魚婦的住處外還有守門獸虎蛟，虎蛟是真實存在的，有村人遠遠見過，根本沒有人能靠近那裡，更遑論要找到魚婦。」

元湘聽到居然還有守門獸虎蛟時，蛾眉輕攏，看樣子要見到魚婦還有一場試煉。

「這可不太妙。」莫綱苦笑，也是，魚婦哪能那麼輕易就讓他們給找著？

「我是不知道你們找魚婦要幹什麼，但是遇上虎蛟，可能還沒見到魚婦命就沒了。」女孩兒勸他們放棄的意味很明顯，雖然和這三人素不相識，但也不希望他們白白送死。

「我們有要事一定得找到魚婦，還請姑娘指路。」元湘見這小姑娘似乎有意勸退，不免有些急了，好不容易走到這一步，沒有不往前的道理。

她看這外來的三個人一點也沒有要退卻的意思，便不以為意的用手指了指她的左前方。「到後山的路就往西北方那一直走便行。」任何人見了虎蛟都要退縮的，打不過的，還要命的人是不敢闖的，料想這幾個人見著了虎蛟之後就會嚇得回頭。

一行人向她道謝過後，朝著剛剛那女孩兒指點的方向，往壇爰山的後山走去。

「虎蛟是一種怎樣的獸？」元湘不自覺的摸了摸背在背後的弩，這一路上遇過窫窳、兔鷹這類異獸，她完全無法想像魚婦的守門獸究竟是怎樣的面貌，她、莫綱和行天三人合力就能打贏嗎？她身上的弩會不會對牠根本就不構成威脅？很多的不安和疑問瞬間湧現。

莫綱的兩道墨黑劍眉皺了一下。「不曾聽聞過虎蛟這種獸。」他虎眸微微斂起，一身玄黑薄甲在日光下隱隱散發著冷光，壯碩且肌理分明的臂上圈著長長的銀鍊，他不覺得要見到魚婦有那麼容易，他早已隨時備戰。

行天將一頭幾乎及腰的銀亮長髮在腦後隨手束高，幾綹額旁垂下的銀鬢凸顯他的瀟脫不羈，銀白的鋼甲密實的包裹住白衣底下結實的身軀，他在雙手腕上纏著白鱗薄甲。「管他是什麼獸，打就對了。」不管前方等著他們的是多兇猛的獸，他都不可能退縮。

越是走，就越是林蔭青翠，鳥語花香，景物如畫，不禁感嘆仙境也就是如此吧！

終於，前方像是沒了路，只見四周環繞著嶙峋突出的高壁，中間凹下處形成一個大水潭。水面忽然一陣洶湧翻浪而起，待水花落盡，竟嚇見有一隻上半身是虎，下半身是赤紅蛇尾的獸正拍搏著遍布紅鱗的尾巴在水中恣意游動！

第九章

三人瞧見潭裡那一掃而過的赤尾後皆訝然，那和黃黑相間的老虎身軀完全不搭稱的紅色尾巴，還有那蛇尾的色澤，跟柢山的怪魚簡直一模一樣！

莫綱的一雙鷹眸迅速的掃向四周，在潭邊的某一處發現幾棵大樹，上頭都結滿了一寸甚。「什麼時候仙界之物在凡間也能如此隨意的種植了？」他有些咬牙切齒，這下可麻煩了。

元湘和行天順著莫綱的視線看過去，也見著了那不久前才見過的熟悉果實。

「怎麼會……」元湘覺得自己要用盡全力才能撐住那幾乎要站不住的頹軟雙腿，她看著水裡那隻比一般老虎體型大了兩倍的虎蛟，再看看那閃耀著妖異豔紅的尾，他們殺不死牠，她該怎麼辦？她覺得自己暈眩的腦袋像是要炸開，一點辦法也沒有。

「有沒有搞錯？這虎也吃了一寸甚，變成一隻打不死的怪物？」相較於莫綱的靜默，行天則是一陣怒吼。

行天這聲極大的斥吼引起了虎蛟的注意，牠粗長的蛇尾在水中一旋，看見了他們三個人，只見那鈴鐺大的瞳孔慵懶的掃了他們一眼，見三個人雖然各自揚起了武器對著牠，但沒打算侵門踏戶闖過來的樣子，又懶懶的轉身悠游。

元湘放下舉起的弩。「呃！好像只要我們不要闖過去，牠根本就不會無端攻擊人。」

「是啊！守門獸就像看家的忠犬一樣，只會攻擊試圖闖入家門的人，只要不侵犯到守門獸的看守地，牠通常是不會有什麼動作的。」行天怎麼瞧都瞧這隻半虎半蛇的怪物不順眼。

「你們看那邊，雖然這四周看似圍繞著峭壁，但在最角落之處有個缺口。」莫綱冷靜的觀察情勢，指著他們對面不細看不易察覺的缺口處。「那個缺口處有個大石門，我想魚婦應該就住在裡頭。」

魚婦的住處就近在眼前了，可是他們卻接近不了，元湘看著在水潭另一端的緊閉石門，可那石門前隔了個大水潭和守著門的虎蛟，她有些急了。

「可惡！我們乾脆也去採一寸葚來吃，變成不死之身來和虎蛟拼搏，說不定還有點勝算。」

這可真是反了，先不談人間不該有一寸葚這件事，為了長壽不死私自吃一寸葚可是犯了天忌，

怎麼那柢山的怪魚和這虎蛟怎麼像是把一寸葚當飼料吃似的？既然一寸葚如此唾手可得，那他們也吃上一回放手一搏。

「胡說什麼！一寸葚豈是想吃就能吃！犯了天忌被抓你終身都別想有安生日子能過，日日都是你的煉獄！」莫綑用力敲了行天的腦袋，看能不能打醒這個永遠直線思考的傢伙。

「好痛。」行天撫了撫被揍的後腦。「佟凌大人會保我們的。」

比剛剛更大力道的一拳又揍過來，行天吃痛摸著感覺要被打成兩半的腦袋哀號：「大哥別打了，我知道了，不吃一寸葚就是了，不吃行了吧！」

「聽好了，行天，我們的命當初是佟凌大人救回來的，是她賦予了現在的我們，我們應該感恩，而不是給她惹麻煩。」他的嗓音很深沉，喉頭一緊，看著還按著腦袋的行天。「這世上，沒有任何事情是理所當然的，我們只能在無違天理

的情況下，完成佟凌大人所下的指令。」

是啊……這世上，沒有任何一件事是理所當然的，何況她現在要向魚婦求的還魂術，在某種程度上也是逆天之舉吧！那又如何能信手拈來呢？

「有沒有可能，請那個巫女，也就是你們口中的佟凌大人幫忙？」元湘訥訥的出聲，她悲哀的發現自己的意志力居然是如此的薄弱。雖然口口聲聲說她要救孫傑，她要求來還魂術替孫傑續命，但這一路走來，在絕境面前，她還是只得低頭，只能倚賴別人的幫助，就算是現在這一刻，她還是盼著有人能來幫她。

「沒用的，若她願意，現在早就出現了；若她不願，誰也勉強不了她。」莫綱嘆了口氣，若佟凌大人在，這虎蛟根本不成問題，但照現在的情勢看來，只能背水一戰了。

「既然正面對上虎蛟對我們不利，那有沒有辦法讓魚婦自己願意見我們？」元湘開始思考著，有沒有可能他們根本就不用和虎蛟對戰而見到魚婦？

「可以試試，說不定給我們矇到，就這麼成功了也不一定？」行天詢問的眼神對上莫綱。

莫綱揚了揚眉。「試試無妨，但要小心，如果虎蛟覺得有被冒犯的危險，可能會發動攻擊。」

行天深深吸了一大口氣，鼓足了丹田，輔以術法，將自己的嗓音擴大，連幾里外都能聽見。「魚婦！我們是最偉大的巫女——佟凌大人派來的部下，有要事相求。」霎時，天地間只充斥著行天富有磁性的嗓音。

行天話一吼完，四周忽然顯得一片靜謐，沒多久，就聽見一聲聲低低的虎嘯聲還夾雜著「嘶——嘶——嘶——」的氣音，水潭裡的虎蛟歪著頭張開嘴角上揚的大嘴，還露出尖銳的犬齒，那低聲還夾雜著氣音的聲音原來是牠的笑聲，牠腦袋上方兩側毛茸茸的耳朵還愉悅的前後翻動著，像是在嘲笑他們的異想天開。

這隻虎蛟居然在笑他？守門獸有什麼了不起？擋擋凡夫俗子還行，可他行天偏偏不是凡人，他就以輕功硬闖！那隻虎蛟能奈他何？行天被激得有些發怒，猛然一個輕巧的飛身，就飛往水潭的正上方去，朝著那石門，打算從高空處直搗魚婦的住處。

這時虎蛟忽然一聲憤怒的狂哮，以迅雷不及掩耳的速度甩出粗壯有力的蛇尾，朝處在高空中的行天奮力襲去。

行天嗤笑，連閃身都懶，他可是處在空中耶！甩著那條紅通通的尾巴想嚇唬誰？但隨著倏地襲來的紅色影子，他臉色一暗，隨即發現虎蛟的尾巴居然比想像中的要更長！在驚訝之餘他被那強大的力道擊中，身體被打飛，直直的撞上後方的岩壁後掉入水中。

「行天！」虎蛟出乎意料之外的猛烈攻擊讓他們吃了一驚，元湘和莫綱聲嘶力竭的叫喚，莫綱當機立斷直接往行天掉落的位置擲出銀鍊。「行天，抓住鍊子！」他不確定行天傷得有多重，能不能自己逃出來。

元湘臉色慘白的瞪大眼，剛剛虎蛟的半截身子一直泡在水潭裡，他們沒能瞧見牠的尾巴究竟有多長，但隨著虎蛟對行天的攻擊，他們這才看清楚那尾巴長得嚇人，居然長到能把在高空中的行天打下來！而且那高度還不是那尾巴長度的極限，那尾巴長到看起來可以打到雲端，原來那虎蛟的蛇尾平常只是一圈一圈旋繞著泡在水裡的！

行天的背部插著幾片削尖的細碎石片，浸濕的白衣染上點點豔紅，他忍著痛把莫綱擲來的銀鍊纏上自己的腰，隨即莫綱一個使力猛拉把他拉出水面。

被拉出水面的瞬間他看到黃色的影子像暴風撲來，只有一雙前足的虎蛟尖銳爪子從爪鞘伸出，用狂猛的速度對著行天的胸膛擊去，打算把他的膚肉撕扯個粉碎，一次解決掉他。

「行天！」比元湘的叫喚聲更快的是從她手中射出的箭，凌厲的直接射穿虎蛟的耳朵，虎蛟一吃痛頓時分了神，緩下了速度。

「成功了？」元湘想著這虎蛟身體恁般龐大，她區區人類用小小的弩箭射牠說不定牠根本就不痛不癢，虎蛟身上唯一沒有厚實肌肉又脆弱的地方就是耳朵！耳朵的軟骨外頭就直接包覆著毛皮，射牠的耳朵牠一定會感覺到比較強烈的疼痛，她沒有天真到以為用弩就能射死牠，但是卻能給行天一個逃脫的機會。

行天見機不可失迅速抽出長矛，握著長矛的右手肌肉突起糾結的青筋，他將數百噸的握力傾注於長矛上，在莫綱將他拉回去陸地的前一瞬，注滿力量的長矛朝著虎蛟的眼睛猛射而出，打算一次擊爛虎蛟的腦袋。

然而虎蛟動作迅速敏捷，一個側身閃過了對準牠腦門的致命一擊，那長矛射穿了牠的胸部右側，硬生生擊斷牠還張著利爪的右前肢，斷掉的前肢也撕扯掉虎蛟胸部和腹部的部分肌肉掉到潭裡，腥臭的血水四湧，混濁了一潭清水。

但虎蛟被長矛射爛的傷處，沒多久就止了血，牠甚至自行將斷掉的前肢又接回去。

回到元湘和莫綱身邊的行天搖了搖頭。「行不通的，這怪物居然還可以自己將斷肢接回去，名副其實的不死之身。」

元湘遠遠的望著虎蛟大面積的傷口在止了血之後，居然又自行撿拾斷肢接回，現在傷口正漸漸恢復中。「如果我們在牠還來不及恢復前將牠攻擊得體無完膚呢？」

剛把背部石片拔掉，渾身還滴著水的行天眼睛一亮，莫綱也低著頭在思索著什麼。

元湘又繼續道：「既然殺不死牠就別要牠死，只要讓牠來不及復原到可以攻擊我們的程度再困死牠，我們就可以直接進那道門找魚婦。」

「不過如何困死牠？」行天有些不解，莫綱也在一旁用眼神探問。

「你們看看那個山壁。」元湘指著剛剛射穿虎蛟身體後直穿峭壁的長矛，那邊的岩壁崩落了一整片，還填了周邊一部分的水潭。

「你射出的長矛力量大到能劈山，如果莫綱利用水能傳導電力的特性，先把虎蛟電暈，再讓牠的身體斷成幾段，行天你再打落那高點幾處向內突出的巨大峭壁，填了這潭，也將牠的斷身給埋了，量虎蛟再強大也無法一時間內復原，這時就是我們的機會。」她知道這個想法有些天馬行空，但是行天有足以斷山的氣力，莫綱能釋放強大的電力，他們本就不是尋常人，這法子或許能一試。

她相信這個世界上比較多的是難解之事，無解之事少之又少，所以，就算虎蛟吃了一寸甚成了不死之身，她也相信一定有可解之道。

這世界上，少有真正無解的難題。

「或許妳的正面思考正是這一戰的成敗關鍵，這法子值得一試。」莫綱讚許的點了點頭，或許他和行天的心思一開始就被虎蛟是不死之身這件事情給困住了，所以下意識的認為不可能打敗牠，他們所做的一切都將徒勞無功。但是這丫頭卻沒有被這點給侷限住，反而讓思路能轉個彎，想出另一種的解決之道。

「但是老弟，你的體力還行嗎？」莫綱瞥了一眼正在扭乾衣角的行天，又抬頭看了看周圍的峭壁，四方的峭壁都是山的邊緣處，上方特別突出的山壁也是山的一部分，真要一個一個打下來是貨真價實的劈山，劈開一、兩處還行，但要到把水潭都給填滿，還得埋住，甚至壓爛虎蛟截斷身體的程度，他怕行天心有餘而力不足，他們的體力也是有透支的時候，並非用之不竭的。

「當然行！難道我還會輸給那隻嘲笑我的笨虎？」他的眼眸迸出熊熊激憤的火花。

莫綱不著痕跡隱忍著笑意。「那我們這一役的成敗就靠你了。」就說這傢伙頭腦簡單，禁不起人家激的。

三個人快速的討論完畢後，行天足尖往壁上一蹬，接連幾個飛點，速度快得讓人看不清他的動作，眨眼間人就在眼前消失，到了山頂之上。

另一邊莫綱的銀鍊已然在手，俊眸一凜。「唰——唰——」飛射疾出的銀鍊像飛嘯的騰龍纏住了潭裡的虎蛟，虎蛟不解的望著那鍊子，正想有動作，忽然好幾支箭又朝牠的耳朵射來，有了剛剛傷了耳的前車之鑑，牠開始閃躲那些箭。

元湘拿著弩，望山不斷對準虎蛟的耳朵，此舉的用意不在傷牠，而是要擾亂牠使牠分神，一支支射來的箭就像惱人又打不著的煩人蚊蚋，在耳朵四周咻咻來去，但真萬一不小心給射中了可是會疼的。

莫綱見虎蛟成功的被元湘給擾了心神，一刻也不敢多耽擱，握著銀鍊的手立刻震出雷電，雷電順著銀鍊導入水中，力量之強大還在銀鍊上激出了火光，電遇上了水，在瞬間就將虎蛟電得痙攣不止。

虎蛟發出強烈的狺吼，強大的電力讓牠從頭到尾都痛到不能動彈，一身柔軟的皮毛也被電得焦黑。

還不夠，這程度還不行，莫綱雄偉的身軀站在潭邊，扯著纏住虎蛟銀鍊的手，又再釋出更強大的電力，虎蛟的皮肉不但被電成焦炭，還開始一塊一塊剝落下來。

虎蛟發了瘋似的嚇吼，在潭裡劇烈的掙扎，濺起的水翻江倒浪。

就是現在！莫綱扯住銀鍊的手一揮，銀光乍起，長鍊化作殺氣凜人的猛劍強悍的朝牠的虎頸劈下，斷了牠的頭，接著他手一扭又重新揚起赫赫有勁的長鍊，狠狠的又一劈，削斷牠虎身和蛇尾的相接之處。

還不能停手，莫綱又在鍊子注上電力，朝著那已經和虎軀分家，一圈一圈盤繞的蛇尾中間冷厲的一斬而下，將尾巴斷成數截。

虎蛟連哀吼都來不及，腥紅的血狂濺，形成黏膩的暴雨，染紅了四周的山壁，被斬斷成好幾截的肉塊泡在一池紅湯裡，畫面怵目驚心。

莫綱朝著上頭的行天示意後，馬上帶著元湘找遮蔽物護好她，以免等會兒被落下的亂石所傷。

不讓虎蛟有接回身子恢復的機會，行天在手上盈滿力量，凜冽又迅捷的一一將山峭給劈下，一時間，被劈落的大山混著上頭的林木朝著那池紅水落下。霎時天地四震，像是連天都要崩落，巨大的山峭填了水潭，埋了虎蛟的斷身。

行天拖著一身疲累的身子回到元湘和莫綱身旁，一身白衣沾染了黃土和泥沙，看起來有些狼狽。「大哥，我沒半點氣力了，等下要是再遇上啥妖魔鬼怪的話就靠你了。」在他有生之年從沒劈過那麼多山，現在他的手痠麻得一點知覺都沒有，全身上下再也擠不出一點戰鬥力。

「幹得好。」莫綱給予肯定。現在哪裡還有什麼水潭？水潭已經被巨大的山和石塊給填滿，現在看起來就是一片狼藉的巨大亂石，遭到活埋的虎蛟沒有死去，還在憤怒的狂吼，從一些正在震動的石塊可以發現即便牠身體斷裂，但仍在掙扎，可怕的蛇尾正憤怒一一狂掃上頭的障礙物。

「事不宜遲，快走。」莫綱背起元湘，拉著行天，飛越了慘不忍睹的亂石堆，毫不猶豫的朝著那石門奔去，掌心一使勁就推開了那厚重的門，闖了進去。

一進了石門，說也奇怪，那門居然就自行關上了。

裡頭的石屋內，走出了一位纖巧的少女，她身段嬌小，個頭不高，骨架纖細如柳，濃密且柔軟的長髮一絲不苟的盤成一個髻。

「找我究竟所為何事？」她的嗓音聽起來軟軟綿綿的，但她粉唇緊抿，臉部表情一片漠然，纖長羽睫下的眼流露出被打擾的不悅。

「妳是魚婦？」不止元湘，莫綱和行天也很驚訝，她原本以為魚婦會是一個老婦人，怎麼也沒想到見到的竟是一個娉婷的少女。

她無視三人訝異的目光，也懶得多解釋，語氣有些不耐。「沒事的話就快走，別擾我。」

「我是特地前來向您求還魂術的。」見漁婦趕人，元湘趕緊解釋來意。

魚婦妍麗的小臉神情有些漠然，眉眼間爬上一絲寡情。「還魂術想求就求的嗎?你們走吧!」

不!她好不容易找到了魚婦，怎麼能這樣就走?情急之下，她忽然想到了什麼。

「是一個叫做佟凌的巫女讓我來找您的。」她不確定搬出佟凌的名字有沒有用，但她以目前的情勢來看，也只能一試。

原本轉頭就要進屋的魚婦聽到了這個名字後，腳步一頓，眼神有些複雜，她轉過頭來，看看一臉焦急的元湘，又看看一身狼狽的行天，最後看向目光凜然的莫綱，她思考了一下後，語氣有些放軟。「既然是佟凌讓你們來的，那就跟我進屋吧!」

聞言，三人都鬆了一口氣，雖然魚婦沒有答應他們什麼，但看來還是賣佟凌一個面子的，沒被趕走就已經是萬幸了。

三人跟在魚婦身後進到屋內，這屋子裡面比外觀看起來更大，大得很詭異，居然有無數條蜿蜒的小徑，稍一分神就感覺隨時會跟丟，他們一邊舉步走著一邊打量著屋內的擺設，從桌子、椅子到書櫃清一色都是石頭做的，給人一種肅穆清冷之感。

不知道彎了多少條路，魚婦在一間門前停了下來。「你們就先在這間歇著，但記住，不許隨意胡亂闖。」她灼灼的視線緊緊鎖著每一個人，那森寒的目光銳利如劍，教他們泛起一股涼意。

「我們會安分的。」現在她最需要的就是利用還魂術救回孫傑，無論魚婦有什麼條件她都會照做的。

「那還魂術……」元湘話還沒說完便被魚婦打斷。

「我不會無條件幫你們，你們歇息一日後，得替我做一些事。」

「敢問要做些什麼？」莫綱好奇探問，直覺告訴他絕對不是什麼好事。

正要轉身離去的魚婦美眸倏然一凜。「有些事得付上很大的代價。」她沒有直接挑明的回答問題，又轉頭過來看看元湘意有所指的說道：「而要力挽生死的變數，就得要用鮮血和死亡的底線作為代價，我很好奇妳的決心究竟有多少，我拭目以待。」

魚婦轉身離去，徒留背脊泛冷的三個人留在原地。「鮮血、死亡的底線、代價。」究竟會是什麼？不安的漣漪在她心裡一圈一圈越捲越大，威脅著要將她好不容易建立起來的勇氣全數銷毀殆盡。

第十章

蒼穹之際，清風奔騰，水面映照著柔和的金光燦陽，暮霞的薄紗從葉隙中灑脫的垂下。

滿園綠蔭，整片茂盛的樹木，小路蜿蜒卻不陡峭，蟲鳥鳴聲唧唧，這裡，是魚婦住處的後花園。

元湘踩在偌大的土地上，在這裡已經第三天了，魚婦要她在後花園幫忙採集草藥和製作偏枯魚，偏枯魚是什麼她不知道，魚婦也沒和她多說，倒是這「後花園」根本不是什麼花園，它就是一處叢林，很大的叢林！

對於這一點，魚婦只冷冷的回了她說：「這處林子的每一種珍貴藥材都是我親手栽下的，當然是我的後花園。」

元湘沒有多費唇舌在這一點上，她很認分的拿著魚婦給她的《軼錄本草經》，仔細的對照竹簡上刻寫的圖和說明，四處找尋魚婦要她摘採的藥材。

這《軼錄本草經》即使是在世代行醫的元家也不曾見過，裡頭所記載的各種奇珍異草她更是不曾聽聞，今日一見也算是開了眼界。

這三日來，莫綱和行天好像也忙得很，總是來去匆匆的替魚婦做些什麼。

清風拂面，她紮起的長髮微微飄動，暮芒在她水色的衣裳鑲上了碎金，她一手勾著大竹簍，裡頭已經有一些她採擷的草藥，另一手拿著《軼錄本草經》，眼眸仔細的對照腳邊的這株看起來像靈芝的藥材。

《軼錄本草經・卷三十八》：「鳳芝，其色斑斕，五色俱生，味甘溫，潤骨血，食之保神益壽。」

「這應該是鳳芝沒有錯了。」它長在照不到陽光的巨大樹根旁，在濕潤的腐土上傲然的挺立著，她仔細地對照書上的圖片，它有暗紅色的底，上頭有一圈一圈的環狀，每一圈都有不同的顏色，從外圈到內圈依序是黃、紫、青、白。

她蔥白的小手探向鳳芝的根部，略一施力將其整株採下，放到已經有點重量的大竹簍裡。

抹了抹小臉沁出的薄汗，她滿意地看了看竹簍，很好，今天的也採齊了，只是採那麼多草藥究竟要做什麼？跟還魂術會有關係嗎？

她曾問過魚婦，但魚婦根本不搭理她，只是要她做好她交代下來的事，連日來的疑問讓她的心裡有些不踏實。

天色暗了下來，空氣中也捎來微微的涼意，正欲轉身踏上來時的路，她眼角餘光忽然隱然瞄到枝椏間的熟悉輪廓。

她大驚，眼眸驀地瞪圓。「阿傑？」是孫傑？

她急著想確認清楚，直往那沙沙搖曳的枝椏間奔去，腳底一個不慎踩上了長著青苔的濕滑大石，狼狽的狠狠跌了一跤，尖銳的石緣磨破了她嫩白的上臂，辛苦了一整日採的藥材全部從竹簍裡灑了出來，書簡也掉到汙濁的腐質濕土上，她顧不得痛爬了起來，想將那模糊的身影瞧個清楚。

只是當她一靠近，卻只有一株株的林木，哪裡有孫傑的身影在？

是她太累了吧？還是太想念他了？因為太牽牽念念，所以才錯將暗叢的樹看成了他？

她不知道，只忽然覺得自己累極了，她嘆了一聲，認命的蹲下來把散落的藥材一一撿起來，把沾了泥土的書簡拍乾淨。

元湘踏著悵然若失的虛浮步伐，漫步著，回到了石屋。

早一步完成工作回來的莫綱和行天，見元湘一身泥濘，右手衣袖還染上血珠，一身疲憊的樣子，連忙幫她將身上沉重的竹簍卸下來。

她看著一身風塵僕僕的兩人。「魚婦讓你們忙些什麼？」她只希望不要是太難為他們的事，莫綱和行天這一路來如此幫著她，若還魂術這事還得讓他們受委屈，她……擔待不起。

莫綱俊逸的眉間皺褶突生，但很快的又斂去。

「沒什麼，就找個人，我們很快的就處理好了，現下閒得很。」行天沉思了半晌，避重就輕的簡略帶過。

元湘滿腦子都是剛剛在林影間看到孫傑的畫面，她身子疲累，腦袋也亂糟糟的，所以也沒注意到莫綱和行天有些不自然的應答。

「元湘，把妳採的那些藥材拿到前院來。」魚婦不知何時走了進來，囑咐了一句後又在灶房拿了一把木勺子後又走了出去。

她心不在焉的提起竹簍到前院去，只見那兒有一個很大的銅製鍋爐，鍋爐裡頭浸泡著她前兩日採回來的藥草，下頭的柴火正旺盛的燃燒，滾著那爐濁黑色又黏稠的湯汁。

「把妳剛剛摘回來的東西全倒進去，然後用那把木勺子不斷攪和，別讓它焦了。」魚婦彎著腰在一旁轉角處的池子邊不曉得在忙些什麼，手上的動作完全沒停過。

元湘依言把剛剛採的鳳芝、魏藤、卷柏、九生等一簍藥材全放到大鍋爐內，拿起長木勺使力攪拌那爐濃稠又不好拌開的湯藥，隨著烹煮的時間增加，那鍋藥已經變得像是膏狀一樣，讓她的攪拌動作也變得更加吃力。

膏狀的黑色藥泥冒著熱氣，散發出一股苦中帶酸的味道，攪得有些乏力的她在鍋爐邊嗅著那味道有些昏沉，直想乾嘔。

不知不覺天已經完全暗下了，她搞不清楚自己究竟攪了這鍋藥多久，也無暇分神關注莫綱、行天和魚婦一直來來去去的到底在忙些什麼，她只感覺到全身的汗沾了她的衣，不斷攪和的動作讓她全身泛熱，氣喘吁吁。

「差不多了，可以把火熄了。」終於，魚婦上前來察看，她用手沾了一些木勺上的黑稠膏藥，在鼻子前嗅了嗅，然後讓莫綱和行天把銅爐搬到一旁去放涼，收拾燒剩的柴火。

「妳跟我來。」魚婦要元湘跟在她後頭，領著她從石屋內彎過一條她從沒走過的通道，那通道很暗，空氣中還有一股潮濕的霉味，她只能緊緊跟著手上拿著燈火的魚婦。

石道內的牆，就著燈火映照出兩人行走的狹長影子，教她又想起了剛剛在林子裡見到的孫傑，

會不會這是孫傑給她的某些暗示？她胡亂猜想著。

「想請教您何時可以施還魂術？」這幾日來魚婦從沒正面給她關於還魂術的回應，連日來的不安日夜不斷侵擾著她，今日叢林裡的那幕幾乎壓潰了她的思緒，她很急，她很怕，詢問的嗓音有些哽咽。

「這幾日，咱們不就都在為還魂術做準備嗎？」魚婦在一處上了鎖的石門前停下了腳步，難得的，她的語氣沒有不耐，沒有任何的冷眼看待，反而是用著一種接近於嘆息、拿她莫可奈何的輕柔語氣回應著她。

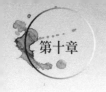

元湘泛淚的大眼有些訝然的抬起，其中還摻雜明顯的困惑和一絲絲質疑。

「還魂術不是單純的念咒、施術法就辦得到的，剛剛在外頭煮的那鍋藥，還有我們現在要去製作的偏枯魚，都是在施行還魂術之前的準備，缺一不可。」她有耐心的說明。

「可是孫傑不在這兒，那我們做完了準備該怎麼對他施術？」

「這點不用擔心，待一切準備就緒，佟凌會送他過來的。」

「敢問……您和佟凌是什麼關係？」元湘沒忘記，那日在門前魚婦只想把他們打發走，根本就不想理睬他們，她是聽到佟凌的名字才轉了態度，讓他們進屋的。

「這點妳不需要知道。」她沒打算回答她。

「嗯。」

魚婦拿出一串鑰匙，開了鎖，在推開石門前，她回頭見元湘低著頭一語不發。

「等一下妳要做好心理準備，製作偏枯魚……不會太好受。」怕她等一下承受不住，她好心的提醒。

「好。」只要能救孫傑，她什麼都好，不遠千里捨下一切到這裡來就是為了還魂術，既然這是行還魂術必須得做的事，她咬著牙也會做。

屋內很寬敞，但是除了一張平坦的大石臺之外什麼也沒有，不知從哪兒吹來的風，讓魚婦手上的燈火忽明忽滅，點點閃爍，看不清周遭的情勢讓她有些不安。

她們逐漸靠近石臺，她遠遠的只看到石臺上有個黑色的物體在那裡，大概就是一個成年男子的體型。

是人嗎？不，魚婦說是要做偏枯魚，所以是魚？一條體型像男子一般高大的魚？但那黑影看起來又不像魚，那到底是什麼？

越是走近，就著燈火的微光，就越是看得明白。

那是魚的身體沒錯，看起來有點像巨大的鯉魚，是淺紅色的身體，外頭包覆著散發粼粼光澤的鱗片，上頭還濕濕滑滑的亮著水光，好像才剛從水裡撈上來。或許是離了水的關係，牠的口和魚鰓急促的一張一闔，急著將空氣吸到肺腑裡，薄透的腹鰭有些掙扎地鼓動。

再往下看，那畫面好熟悉，這條魚到了腹部後端的地方，沒了臀鰭和尾鰭，而是一條黃色的蛇尾，這條魚，活脫脫就是大了好幾倍的柢山怪魚！

還有，為什麼都是蛇尾？難道就跟莫綱講的一樣，因為蛇本身就有不死、再生的意象和能力嗎？

「這就是偏枯魚？我們在柢山有見過，只是體型比這條小很多。」如果是，那他們在柢山所見到的不就只是幼魚而已？

「還不算是，你們在柢山所見到的魚確實是我放養在那兒的。」

「還不算？」她細細的柳眉淺淺蹙起，掀高的濃密扇睫與魚婦的眼相覷。

「牠還需要一些處理才會是偏枯魚。」漁婦的臉很平靜，語調也平淡無波，但就是讓她覺得有一種風雨欲來前的不安。

「我……要怎麼處理？」她剛剛說處理偏枯魚不會太好受，她準備好了，準備好面對這一切。

「妳知道什麼是偏枯魚嗎？」魚婦沒有回答她，反倒拋出另一個問題。

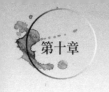

「吃了一寸葚的不死魚。」吃了一寸葚的魚不會死，所以被拿來施還魂術，讓將死的人能夠起死回生，是這樣吧？

「妳想得太單純了，丫頭。」糟糕，她忽然有些不忍心要這丫頭做接下來要做的事，那好像顯得她太冷血無情。

就說她真的有不好的預感，元湘沉默，視線沒有從魚婦的身上離開，專注的看著她。

「偏枯魚只是一個軀體，只要還穩住最後一口氣，牠就能讓將死之人藉由這個軀體死而復生」。

「藉由這個軀體復生？可牠是魚啊……把人的身體寄託到偏枯魚的軀體內，那會變成什麼樣子？還會是原本的自己嗎？」她越想越糊塗了。

「聰明的丫頭，妳問到關鍵了，如果只是單純藉由這個軀體復生，確實會變成一個半人半魚的怪物，但是，起死回生的人必須保留著與一般人無異的軀殼，看起來要和常人無異，所以，就像我說過的，要做到這步，需要一些鮮血和死亡的底線作為代價。」

元湘看起來很平靜，走到這一步，她只能隱藏起自己的情緒，她沒忘記魚婦說過的代價，但路是她選的，她只能為自己的選擇負責到底。

「從剛剛開始，妳就沒把偏枯魚給瞧個清楚，牠不只是條魚，妳看仔細些。」

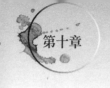

魚婦將燈火拿得更靠近石臺，引導著她看仔細。

元湘好奇的探頭，這一看她的瞳眸瞠大圓瞪，嘴唇有些抽搐，她覺得自己渾身上下都在顫抖。

那臺上恬淡的面容原本墨濃如玉的眼緊緊闔上，那因為長年四處奔走而曬成小麥色的皮膚現在看起來顯得有些蒼白。

他……他怎麼會在這裡……而且，是躺在偏枯魚的身子裡？

偏枯魚吃了他？不，他是直挺挺的躺在偏枯魚的身體裡，這條偏枯魚一半是人，一半是魚！

元湘臉色死白，她覺得自己全身上下的血液都在發寒，抖著的唇張開又闔上，她想說話，卻什麼話也說不出來，只發得出幾個沒有意義的單音。

她伸出發顫的手想觸摸躺在魚體內的他，但觸及的觸感是一片冰冷滑膩，她崩潰了，毫無血色的小臉布滿淚痕，她十指緊緊握著，但什麼也沒能抓住，只有指甲陷入膚肉的虛無縹緲。

她想大聲尖叫哭泣，但是強大的震撼令她窒息，她處在潰堤癲狂的邊緣，她閉起眼，再張開，希望眼前的畫面只是一個可笑的噩夢。但張開的眼承載的淚水有千斤重，好沉，沉得她承受不住，誰來把她拉離這個可怕的空間？

哽咽了好半天，她終於找回說話的能力。

「趙揚為什麼會在偏枯魚的身體裡？」短短一瞬像是沉寂了一世的痛苦，她如夢乍醒，聲淚俱下。

「他聽聞妳離開招搖山，便緊緊在後追隨妳的步伐，但是……他不該離開招搖山，他本該待在招搖山承受他命裡的劫數。」

什麼意思？她聽不懂，什麼命裡的劫數？為什麼眼前的這女人可以面無表情的說著這麼可怕又無情的話？

魚婦無視她的痛苦。「趙揚是我讓莫綱還有行天在柢山抓回他的，他命數的改變因妳而起，所以也因妳而終。」

她的腦袋像被雷悶劈了一道，無法置信。「妳是說……他本來的壽命……。」

元湘受到的打擊太大，她無法自己的哽咽著，肺腑像是被狠狠擰住。

「沒錯，他本來陽壽已盡，該會死在招搖山，卻因為追隨妳而逃過死劫，但是人從一出生就被安排好的命數豈能容得變更？他還是得死，所以我拿他作偏枯魚。」

所以趙揚會在偏枯魚的身體裡都是因為她？為什麼？她只是想救孫傑而已，為什麼會這樣殃及無辜？

她看著趙揚，他筆直的躺在偏枯魚的身體裡，除了頭顱是完整的之外，他的右半邊身體都不見了，他只剩一半的身體、一條胳膊、一條腿。「他另一半的身體到哪去了？」驚嚇過後，她氣若游絲，只有滿盈的絕望。

「被偏枯魚吸收了，現在我們要做的，是把一半魚身和一半人身的偏枯魚臟腑通通給挖出來，然後在裡頭抹上剛剛熬好的膏藥，就可以施行還魂術了，而挖去內臟的那一半魚身，就是孫傑的位置。」毫無保留的，魚婦道出還魂術的過程。

那個總是默默的用自己方式照顧著她的趙揚，那個連表達愛意都那麼小心翼翼的趙揚，她竟要……親自用自己的這雙手，刨去他的臟腑？她的內心紊亂起伏，她將昔日趙揚的身影與眼前這個失去生命力的軀體相疊，她不能，她怎麼能這麼做？

「就算妳現在放棄，他也不會活過來。」魚婦提醒著她，每一個選擇都有它的代價，而這條充滿苦楚又艱辛的路是她自己選的。

過往的記憶一幕一幕在眼前重現，招搖山，她的家鄉，有她的家人、有孫傑、有雲姐，日子不富裕，但大家都如此的和善，生活過得如此知足，可變故，就這樣發生了。

她受不了這樣的殘酷，她想要找回令她懷念、想要好好珍惜的一切，所以選擇走上了這一步，魚婦說的沒錯，這一切都是她的選擇。

「開始吧！」元湘的眼角噙著淚，眼神有些空洞失了焦，如果現在的犧牲可以換來她希望找回的美好，就當她自私吧！魚婦說的沒錯，趙揚已經死了，就算她現在停手，他也不會因此活過來，她無比冰冷的手撫上了同樣沒了溫度的魚體。

魚婦見她自己想通，拿出一把鋒利的短刀。「那就開始吧！我們只需劃出一條切口。」銳利的刀尖抵上了魚體，在偏枯魚的身體正中央筆直的一刀割下。

元湘抖著手把那一條又長又直的切口往左右兩側翻開，手上的觸感黏膩令人作嘔，露出了死白中帶點粉色的皮下組織，裡頭顯露出來的五臟六腑一半是魚體的，一半是趙揚的，它們已經失去了健康的血色，混著大量稠黃中帶著血的黏液，她聞到了酸中帶腥的腐臭味。

她覺得自己的理智已經快要崩塌，她可以清楚看到裡頭的每一吋肌理、每一條經脈，她的手緊繃的不知道如何進行下一步。

「只要這樣把裡頭的東西掏乾淨就行了。」不忍她的掙扎，魚婦纖細的雙手直接伸進去皮肉已被翻開的偏枯魚身體，率先使勁兒一把從腹腔內掏出一團色澤死灰的滑膩腸子。「然後再丟到旁邊的木桶裡。」隨著魚婦的動作腸子有部分垂到了石地上，不斷滴落的腥臭黏液滴答作響，在靜謐的石室裡無限放大，瘋狂襲擊著元湘所剩無幾的理智。

她強忍著排山倒海而來的酸楚，伸手在血水和臟腑都已經碎爛糊成一團的腹腔內胡亂抓著，她不知道、也不敢看自己手上抓的是什麼，抓到什麼就不斷的往木桶裡丟，她只想用最短的時間結束這個試煉。

「可以了，剩下的清洗工作讓莫綱他們來吧！」魚婦的出聲對她來說是莫大的救贖，她渾身僵直的停下來，看著沾滿血水的雙手，她止不住淚水，眸中激起了對自己難以言喻的嫌惡。

「時辰不早了，妳今天就先清洗然後睡下吧！明天在妳之前，有個人要施行還魂術，然後才換孫傑，妳可以先看看到底什麼是還魂術。」魚婦拿了塊濕布給已經木然失了魂的她擦擦手。

「原來……還有其他人也要施行還魂術。」激盪起伏的情緒一點也還沒緩下，她耳鳴得嚴重，魚婦明明近在眼前，但聲音像是從幾尺之外傳來，她慢慢咀嚼著魚婦的話。

「妳今天累壞了，妳梳洗完我帶妳去另間房就寢，那兒的床舒適些。」她從來就不是無情的人，尤其對眼前這女孩，她發現自己連漠視都做不到。

元湘沒有任何反駁，也無力多說，她現在只想把自己弄乾淨。

第十一章

清冷的石室，和別間有些不太一樣，石床上鋪著輕軟的獸皮毛毯，一旁還多了個小火爐，以防她夜裡著涼。

不知怎麼的，心裡的一股躁動讓她睡得不安穩，醒了過來，卻赫然驚見孫傑，他拿著竹簡和墨，不知道在寫些什麼。

她喉頭啞然，她不敢出聲，怕驚擾了他，更怕他像那日林間的幻影一樣只是曇花一現，她光著腳丫子小心翼翼的踏下了石地，無聲的朝坐在石桌上的孫傑走去，她想看看他在寫些什麼，更想問問他怎麼會在這裡？是因為將要施行還魂術，所以佟凌先送他來的嗎？

她走到孫傑的身旁，只見他厚實的掌握著筆、沾了墨，在竹簡上一個長撇又一捺，筆勢俐落，字跡蒼勁有力。

「參天」孫傑寫好了這兩個字，彷彿早就知道元湘已經醒來一樣，用手搧了搧風讓墨乾涸後，轉過頭來笑著將竹簡遞給了她。

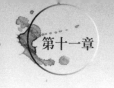

她絲毫沒有猶豫的接過那竹簡。「是佟凌送你來的嗎？」她還是沒有辦法相信眼前所見的這一切，她有好多話想問他。

但是他就只是笑，那暖如清風的笑，讓她好懷念，但無論她怎麼問，孫傑都只是笑而不答。

她急了，這一切都不對勁。「阿傑！你別光是笑啊！說說話。」她神色驟變，不自覺拔高了音量，她忽然覺得好害怕，這一定是哪裡有問題，像是要喚回他的魂魄一般，她不斷要他說話。

「阿傑，你到底怎麼了？」她嘶聲厲叫，在不斷搖晃的螓首中乍然清醒，她慌亂的連滾帶爬的下了床，阿傑呢？還有那個竹簡呢？她看著自己空空的雙手，竹簡剛剛還拿在手裡的不是嗎？

回應她的只有一室寂寥，沒有孫傑，沒有竹簡。

「這是夢？這怎麼可能是夢？」剛剛孫傑還坐在這兒的，而且那是他的字跡沒錯，她不會錯認的，她剛剛甚至還在竹簡上聞到濃厚的墨香，這一切怎麼能是夢？

「參天」剛剛孫傑給她的竹簡是這樣寫的。

忽然，一個可怕的念頭閃過她的腦海，她想起了些什麼。

「就是這裡？」她還記得她曾經跟孫傑到一片森林裡，因為他說要帶她去個地方。

「這是若木。」她也還記得這樹好高、好高，直聳入天。

「自古以來人們總是相信高大破雲的神木能溝通天上和人間，就像是天人兩界的橋梁，思念，就如這直入雲霄的神木一樣，能參天。」她忘不了孫傑那時說著這話時有些迷濛、有些滄桑的眼神。

「思念」、「參天」，他是在對她說他參天的思念。阿傑入了她的夢，寫了那竹簡給她，就是要對她說這個嗎？她臉色發白，不可置信的顫抖著，不會的，不會的，她不接受，也不相信。

她突然失控、尖叫、哭泣，佟凌騙她！她說會懸住阿傑最後一口氣的！她說不會讓阿傑死的！她拼命哭喊著，也一股腦的把痛苦給喊出來，她究竟想要自欺欺人到何時？這是夢，但也是真的！孫傑死了！她知道，她就是知道，剛剛的夢，是他最後的道別。

她以為自己會因為承受不住而失控，但她沒有，她只是涕淚縱橫的呆坐在地板上，也在這時才發現原來人有流不完的眼淚。

呆若木雞的愣坐了好一會兒，眼角一瞥，書櫃上的一本書吸引了她的目光，《還魂咒》她踉踉蹌蹌的起了身，取出了那本已經非常老舊斑駁的厚簡。

還魂咒？跟還魂術有關吧？她急切的拂去上頭厚重的灰塵，翻開了那書簡，有好幾頁都是她看不懂的文字，看起來像是非常冗長的咒文。

她又繼續往後翻，看到了一些記載，她抽了一口氣，書上記載：「不死之士，行還魂術，失其本心，為不死之屍。」越是看下去，就越是感到震驚，難以置信，發顫的手不容許自己停下來，一頁，一頁，每一頁都化作無情的利刃，刀刀剖著她脆弱的心。

終於，她闔上了書，閉上的眼只有溢出的晶瑩淚滴，原來，這就是還魂術的真相。

自古以來，各地就有很多的部族，這些部族有大有小，為了競爭適合耕種的田地和水源，總是有大大小小的征戰，所以維持軍事上的戰力對每一個部族來說

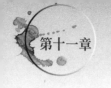

都非常重要。

而戰鬥力強大的戰士在戰亂中受了傷，人們為了不要損失族裡的兵力，在確定戰士已經無法醫治、將死之際，便會讓巫醫吊住他們的最後一口氣，讓戰士藉由偏枯魚的軀體重生，這是最初會施行還魂術的原由。

但是，因為還魂術活過來的戰士們，卻失去了人性，也沒有了身為人時的思考，只有巫醫能靠咒術制得住他們，這些活過來的人，變成了只會聽從軍隊和巫醫指令而不斷作戰的工具，

只是變成部族為了維持戰鬥力的棋子，這樣子失去了人性和思考猶如行屍走肉的他們，根本……不能稱為人。

元湘的表情因為極端的掙扎而痛苦著，她怎麼能、又怎麼忍心讓阿傑變成這樣無心的怪物？

若活過來的代價是如此，那就已經不是原本的阿傑了，只是一個無法思考受控的軀殼，那施行還魂術意義又何在？椎心的痛是數量龐大在後頭追趕的鬼魅，逼迫著她面對這可怕的一切。思緒太亂、太雜，她理不出個頭緒，迷茫的痛苦讓

她像離水的魚，殘喘著只求還保有最後一絲氣息。

她動了動僵掉的雙腿，強忍著蔓延全身的巨大痛苦，站了起來，朝房門走去，她要去找魚婦，她要問清楚，就算書上寫的都是真的，她也要親眼瞧瞧。

出了房門，憑著記憶她走到了昨天處理偏枯魚的房間，石桌上的偏枯魚還在，她走近一瞧卻發現不是昨天那一隻，鱗片的顏色不一樣。

「在這等著吧！等會兒午時妳可以看看還魂術的過程。」魚婦拿著一個木盆走了進來，將木盆擱在桌上後又走了出去。那木盆裡裝滿黑稠的藥膏，這氣味她認得，就是那日熬煮的藥膏。

「那本《還魂咒》裡頭說的是真的嗎？」她其實心裡沒有任何的期望，一點都沒有。

走到房門口的魚婦腳步停頓了下。「至少至今我從沒看過有誰是那個例外。」

「沒有例外……是嗎？」她無念無想的愣坐著，看著莫綱拿了兩個重明鳥的心進來，然後行天又扛了個高大魁梧的男人進來，讓他平躺在一旁的竹蓆上，她搞不清楚自己究竟坐了多久，就一直看著其他人來來去去的忙碌著。

終於，周遭忙碌的步調緩了下來，魚婦走了進來，後頭的莫綱和行天還領著兩個她沒見過的人，這兩個人的衣著和角落躺著的大漢差不多，都是一身黑底紅紋的布衫。他們兩側的耳朵上各穿著至少十來個的金屬環，東焰臉露凶色，一身的肌肉負著各類武器，看起來驍勇善戰。而走在他身旁的是個看起來很有威嚴的老者。

「可以開始了嗎?東穆是我們穆龍族裡勇猛的戰士，即便要耗費千金我們也不能失去他。」老者講起話來喉音喑啞，目光炯炯。

「我弟弟……有勞了。」東焰不苟言笑的面部沒有任何表情，隨即跟著長老退到一旁等待。

「當然，這就開始。」魚婦讓莫綱和行天把躺著的東穆移過來，她則是走到了石臺邊，將已經處理過的偏枯魚從最中央的切口處向兩側翻開。

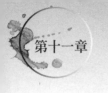

坐著的元湘不自覺的站了起來，緩緩的走過去，想看得更清楚些，她看到被翻開的偏枯魚身體裡頭一半空蕩蕩的，另一邊一樣有半個人體。

魚婦的手探向一旁，在手上沾滿了稠黑藥膏後開始塗抹在偏枯魚的身體內，她每抹過一處，那處竟泛著妖豔的淺淺紫光，她很仔細的在這副黏膩的血肉中塗抹著，沒有一處錯漏。

「幫我把東穆放到偏枯魚裡頭。」莫綱和行天除去了東穆一身的鞋、襪和衣衫，將不著寸縷的他塞進了偏枯魚空著的那一邊，先是雙腿，然後是身體。東穆的體型太壯碩，他們還將偏枯魚的外皮拉得更開才順利把他塞進去，最後，才把重明鳥還在跳動的心臟給放了進去。

重明鳥的心臟，是強韌生命力的本源，不可少了這一個步驟。

元湘靜靜凝視著這一切不發一語，心跳如擂鼓。

塞進了一個人的偏枯魚體型大了一倍，遍布鱗片的身體鼓脹著，魚婦拿出一個小盒子，沾了裡頭的白色膏藥，將偏枯魚身體的大缺口給封起來。

魚婦拿出了一串色澤光潤的琉璃珠，口中一邊喃喃唸著眾人聽不懂的咒語，一邊拿著那串珠子在偏枯魚周邊比劃著。

古老的咒文從她的嘴裡不斷流瀉，琉璃珠劃過的空氣凝聚著七彩的絲絲流光，結成一個複雜的陣術，七色光影層層疊疊，像是有自己的生命，一層，一層，將

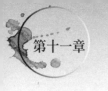

偏枯魚給密密的圍繞住。

只聽那不間斷、越唸越急速的咒語聲漸漸高亢，散發著絢麗光色的陣術開始與偏枯魚的身體融合。

元湘看著偏枯魚的變化，胃部一陣緊縮，偏枯魚渾身的鱗片都透著光彩，整個身體大幅度的不斷膨脹又緊縮，隨著軀體不停一脹一縮的節奏，裡層的人體和外層的魚體膚肉開始交揉相融合，先是全身的鱗片慢慢的消失，一雙結實的雙腿取代了蛇尾，接著，從腰腹、胸膛及頭顱，魚體的外觀逐漸消失，看起來就像是裡頭的人體不斷吸收著魚的身體，不消多久，取而代之的是一個完整的人。

沒錯，一個完整的人，哪裡還有偏枯魚的影子？偏枯魚消失了，被塞在牠身體裡的人形吸收殆盡。

這就是還魂術？元湘看著立刻快速替東穆著衣的莫綱和行天，震懾的說不出半句話。

只見東穆倏然睜開眼眸，那眸眼露凶光，大聲怒號著迅猛的彈坐起身朝著一旁的老者就要攻擊。

「這次怎麼那麼快醒來？」莫綱一驚，馬上銀鍊如厲風，襲捲住東穆攻擊的那隻手。

東焰像是早就有所防備，動作更快，拿起未出鞘的長劍擋下攻擊，隨即猛力一扣，將東穆擊倒在石臺。

行天見狀也馬上幫著壓制住殺意洶洶的東穆。

東穆似發狂的獸，只要看到有人就要奪下性命，正用可怕的強大氣力狂猛的掙扎，因為狂怒而血紅的眼叫囂著要殺了扣住他的幾個人，尤其是正前方的東焰。

不死之士，行還魂術，失其本心，為不死之屍。這人，是他哥哥呀……但東穆……行還魂術活過來後卻不認得他。

退到了遠處的元湘手腳顫冷，頭皮發麻，那股顫慄成了萬千數量龐大的惡虺，毫不留情的吞噬她的每一滴骨血。

「東穆，是我啊！是哥！」東焰用劍身抵著他，看著自己弟弟狂暴的想要掙脫束縛恨不得殺了自己的樣子，纏住他手腕的銀鍊因為猛力掙扎而鏘啷鏘啷的作響，每一記沉重的鎖鏈聲都鞭笞著他的內心，沉痛之情無所遁形。

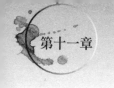

還魂術，讓手足之情都蕩然無存。怎麼能忍受這一切？怎麼能忍受這一切發生在阿傑身上？

怎麼能讓阿傑變成這種六親不認、狂哮似獸的怪物？強烈的震撼夾殺著她，元湘現在甚至連哭都已經哭不出來了。

石臺上東穆有力的臂膀一使力，一拳擊飛行天，莫綱見狀隨即抓著他的身子予以電擊，無法行動自如的痛楚這才讓東穆稍稍安分下來。

魚婦又拿起那串琉璃珠，在東穆身上結了另一種陣法後，又唸起了聽行咒，四周傳來不絕於耳的古老咒語，聽行咒結合了東穆身上的陣法，讓他的狂暴在下一瞬消失殆盡。

東穆的掙扎停止了，肅殺之氣消弭了，泛著強烈殺意的眼神和緩了，莫綱和行天不再制伏著他，東焰也收回了始終沒有出鞘的長劍。

「忠將東穆聽令。」魚婦唸完了冗長的聽行咒後，開始對東穆下指示。

上一刻還逢人就殺的東穆竟乖順的像隻訓練有素的忠犬，緩緩的站了起來，走到了魚婦面前，恭敬的等候她下一步的指示。

「自今而後，忠將東穆，唯聽命於穆龍族能施聽行咒之巫者，盡一己本分。」

元湘的腦袋嗡嗡作響，在一旁聽著魚婦唸唸有詞的咒文，她搖搖晃晃的走近她，想看清楚東穆是怎樣被施咒的，她邊走邊顫抖著，阿傑寧願死也不會同意還魂術的，我真的永遠失去他了……迷茫而慘淡的雙眼淌下了淚，那淚有失去孫傑的哀慟，還有慶幸自己沒有讓這一切發生，她，慶幸自己看清還魂術的真相。

她麻木的看著施咒的魚婦，瞧著雖然還魂，但卻沒有自己靈魂的東穆，還有眼神中不經意流露沉痛的東焰，人的情感，怎麼能淪為只受巫者控制的產物？她忽然好想躲起來，好希望這只是還沒醒來的噩夢。

「理當盡力保衛穆龍族，不可任意妄為。」在聽行咒後，魚婦下完了指示，她將手放在比她高出了一個頭的東穆額上，只消將咒術結印於他的額上，還魂術便能宣告完成。

過去和孫傑共同的回憶，在她的腦海形成萬千畫面，一幕，一幕，都猶如洪水的衝擊。「何必要為了別人的過錯懲罰自己？」、「既然莫可奈何，那就放下。」孫傑曾經說過的話如雷灌頂，阿傑會受重傷、會死，是族裡苛政的錯，也是她的錯，如果不是過重的稅物負擔，他不必到戰兵隊服徭役；如果不是她受重傷，他不必為了救她而到戰兵隊，而她居然因為自己捨不得他走，而要找還魂術，若真施了還魂術，無疑是在懲罰他，也在懲罰自己，她怎麼能這樣吊著他的命不讓他安生好走？

人生識你這一回，值了。

心臟痛得失去感覺，淚水讓一切都變得朦朧，教她看不清眼前的一切，魚婦的咒術讓她感覺時間過得好漫長，她失去知覺的身體站不穩的晃動著，像風中隨時會熄滅的殘燭。

但強烈的痛反倒讓她看清了真相，她的眼神忽然褪去了無比的迷茫，恢復了清明。「不可以！」這些人都沒看到東焰痛苦掙扎的眼神嗎？人的情感怎麼可以這樣被剝奪？她忽然快速奔去，往旁邊推倒了魚婦，因為她的干擾，魚婦還沒打完的結印和咒術因此硬生生被迫中斷！

「妳這蠢丫頭到底在幹什麼蠢事？快跑！」被推倒的魚婦又急又惱火，哪裡還有平時冷漠寡言的形象？她扯開喉嚨高聲要她快走。

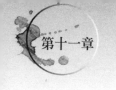

但來不及了，一切發生在電光石火之間，快得讓人根本來不及反應。

劇痛，泉湧。

元湘完全無法動彈，蒼白的小臉低頭一看，東穆的手化作利爪，狠狠的貫穿她的胸口。

魚婦的聽行咒遭打斷，施術不完全的結果就是東穆在瞬間又變回了那個不受控制的狂獸，見人就殺，而在他身前的元湘首當其衝。

元湘不敢置信的瞪著東穆擰住她心臟的手臂，無法喘氣。

都是因為自己的愚昧才會讓這一切發生。東穆的手抓著她跳動的心，她感覺到自己溫熱的血從胸口溢出。

呵！自己真是死性不改，老愛管閒事。她自嘲的想著。

當初，阿傑散盡家財救她，她才沒死於旋龜的攻擊，但現在，卻死於還魂術。死於她苦苦追尋的還魂術，死於自以為能救回阿傑的還魂術，死於她以為可以帶來希望的還魂術。

在東穆將她的心臟挖出來之前，她看到莫綱甩出銀鍊攻擊，一向溫文的行天也嘶吼著以萬噸握力斷了東穆的臂，阻止他挖出她的心。

魚婦驚惶的扶住倒下的元湘，想救她，卻什麼也做不了，她，不是像佟凌那樣強大的巫女。

無窮無盡的悲傷吞噬了她。

「阿傑，我的思念，也參天。」在黑暗襲來，闔眼之前，她想起了那個夢，這一刻，她感覺自己手裡好像還握著阿傑親筆寫下的竹簡，她只能在心中無聲的回覆他。

漸漸的，她聽不見任何聲音。

心跳，停了。留下的，只有一室死寂。

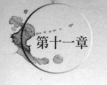

終章

招搖山，巴朗族。

風，颯颯的吹著，卻吹不散遍野血肉腥腐的氣味。

房屋頹倒，四處散著殘破、焦黑、面目全非的屍首。

無一生還。

「將屍體全部集中起來燒了。」喀喇尊一邊脫去染血的薄甲，一邊下達指令。

「是。」負責執行的宋洋領命，即刻去辦。

留下的完蒙煉接下鎧甲，等候喀喇尊的下一步指示。

「將較好的屋舍整修一番，先分配給有功戰士的家屬居住。宋洋冒著極大的危險潛入巴朗族的戰兵隊當臥軍，還研製出讓戰魂香失效的藥方，讓我軍的進攻勢如破竹，優先行賞。」

「是。」完蒙煉不敢怠慢，迅速退下。

喀喇尊瞧著遍地沃田，因為百年前遭到女媧直系後裔神巫的詛咒，蒙紹族一向都在春耕之後才攻下他族，因為詛咒使得族人無論如何努力耕種，也會寸草不生，所以他們只能靠搶奪他族的糧食和土地維生，在熬過寒冬、糧食告盡後，再攻下一個目標。

百年來，詛咒讓蒙紹族為了生存居無定所。

沒有多少能清靜的時間，他的謀略軍師，江風走了進來。見著了江風，即使地位崇高如喀喇尊，也是得敬他幾分。

沒有人知道江風究竟活了多久，他總是來無影，去無蹤，有時候在忽然消失了很久，久到大家都以為他不會再出現時，又風塵僕僕的歸來。從百年前，蒙紹族被詛咒後開始，他就一直都在，輔佐著蒙紹族歷任每一代的族王，讓兵力不足的族人有能力不斷攻下他族，使蒙紹一族沒有因此而滅絕殆盡。

江風在喀喇尊身前攤開了竹簡，並用手指比劃說明著。「屬下清點、查看所有的房舍之後，發現這方的元家和附近的鄭家，藥材和醫書都很豐富，可直接讓族裡的藥師使用，我族的連年攻打一直不是靠武力取勝，因此各種藥毒的研製不可偏廢。」

「這事全權交由你處理即可。」對於江風，他沒有任何能質疑的地方。

「屬下這就去辦。」雖自稱屬下，但他沒有行任何的禮。

走出喀喇尊屋舍的江風，玄白的衣衫下擺隨風微微飛揚著，他瞧見了不遠處的另一抹白，他俊眸一瞇，扯開一抹笑跟了上去。

一路從殘垣斷壁的房舍，走到了較遠處的森林邊緣，沿著小溪河畔漫步著。

「你跟了我一路了。」她找了塊大石坐下，她不知道這人到底跟著她做什麼？這傢伙糾纏了她不只百年，難道還不夠？

「妳可得當心，這兒的水流湍急，又地處邊荒，要是一不小心落水，再怎麼大聲呼救外邊都聽不見的。」江風笑暖如沐，好意提醒。

「不勞你費心。」完全不想搭理他，佟凌撇開了眼，打算起身離去，和這傢伙不宜久處。

「怎麼會？妳若落水我必當奮不顧身的救妳，我不像妳那麼冷情的。」江風悠哉的甩開了羽扇，漫不經心的搧著風。

這家伙實在囉嗦！到底想幹什麼？「北太帝君的護衛竟如此清閒？又何苦如

此糾纏？」

對於江風老是陰魂不散的出現，佟凌感到有些氣惱，但又拿他莫可奈何。

「清閒？」江風的白羽扇唰地收起，俊朗的眉目染上一股不可置信，濃密墨眉飛揚的瞅著她。「打從妳千年前濫殺蒼生，血染天下，造成地府含冤不得超生的冤魂大增之時起我就沒能清閒。」他吁了好長的一口氣。

「然後自從妳對蒙紹族人下咒、北太帝君派我監視妳開始，我與『清閒』兩字就更是沾不上邊了。」江風嘆了又嘆，又用一副叛逆不道、孽子難悔的眼神瞧著佟凌。

「這次因為地府的動物靈數量不對，我奉命查辦此事，花了好一些功夫除盡人間的一寸葚，這一寸葚是妳栽下的，而我卻來收拾這爛攤子。」苦命啊！別人造的孽，卻連累自己來收拾，江風拿著扇子搧呀搧，卻搧不去滿腔的怨。

「有些事錯了就錯了，只要記得別再犯，多做些好事彌補罪孽，若能虔心悔改更好。」他斜眼瞅著盯著溪水出了神的佟凌，沒指望她會聽進去，這女人八百年前就是這種我行我素的死樣子。

佟凌的眼神有些迷茫，這話，好熟悉，曾經也有個人，老是這麼對她諄諄教誨，只是那時的她，聽不進去半個字。

見她沒搭話，江風一臉無所謂的打算離去。「女媧後裔的巫女，歷代都為天下蒼生祈求福澤，以助天下人為己任，曾經，妳也盡心盡力做好這些事，雖然妳後來走偏了，但是現在仍然可以再走回正道，妳說是吧？鳳佟凌。」

聽到自己的名，這個姓氏提醒著她的血統、她的職責，佟凌撇過頭，不想多談。

「記住，妳是神巫，而且是流著鳳家血液的神巫，不是人們口中的鬼巫。」江風又再次嘆了一口氣，怪了？怎麼每回見她他都不斷嘆氣呢？罷了，至少她現在安安分分的，沒殺生，沒胡亂下咒。

「還有，那個女孩兒，我知道妳只是想用還魂術給她一個希望，不帶有惡意，但有些事，即使繞了一大圈終究要走回原點的。」這一路追查一寸甚的事下來，她幹了什麼好事他自是知曉。說完，他便灑脫的離去，沒走幾步路，就不見了蹤影。

「終究……要走回原點嗎……」佟凌細細咀嚼著這句話，重複踏著江風剛剛離去的腳印，一步，一步，也消失在招搖山的這片林子裡。

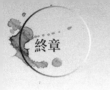

※※※

壇爰山。

「繞了這麼一圈，終是幻滅，什麼也沒有改變，有必要嗎？」老友相見，看著面無表情的佟凌，魚婦不冷不熱的說著。

「我倒覺得比讓她就這麼死在被夷平的部族裡好。」巴朗族因為長期施行過重的傜役，進入戰兵隊的人很多都是繳不出祭品的居民，沒有一個有制度的訓練，因此戰力低落，加上曾經帶領過孫傑的臥軍——宋洋的功勞，讓鋼甲野犀無法發揮應有的戰力，巴朗族的兵力根本不足以抵禦蒙紹族的入侵，全部族的人都死了。

「妳其實是欣賞那丫頭的吧？」

「欣賞，可能吧！但其實我一開始只是想看好戲而已，我想看看這兩人究竟可以多奮不顧身，但後來我卻羨慕起那丫頭，她身上擁有我沒有的特質，樂觀、勇往直前、情深義重。」這些特質，在她身上榨不出半點來的。

「不，妳曾經有，妳只是忘了。」佟凌曾經是個讓人感到很溫暖的女孩兒，是個盡忠職守，為天下付出，不忍世人受苦的巫女。

「是啊……曾經。」現在的她只懂得小心翼翼、害怕牽扯是非，少了人性的溫暖，多了點淡漠。

「但是天命不容改變，元湘也沒能逃得過死劫。」

佟凌沒有反駁，她註定得死，孫傑也是，誰都無法改變註定好的命運。

「我可給了她一點提示的，這提示，其實一路上都伴隨著她。」莫綱、行天名字的意涵，正是「莫亂綱紀，順行天命」。

一旁變回一黑、一白座騎的莫綱和行天，擺動著健壯的身子，蹬著馬蹄，頭上銀白的長角抗議的戳了幾下，嘀咕著……「這麼隱晦的暗示，誰能明白啊！」

佟凌微笑著撫了撫牠們豐潤柔順的毛皮。「妳看，這兩隻也會跟我鬧脾氣呢！」

「這是撒嬌。」魚婦柔和了神情，誰說佟凌無情無義？莫綱和行天原本只是人類養的普通馬兒，但牠們的主人卻不是個好東西，連生病了都不斷的要牠們做事，卻沒多少餐飯可吃，在快要病死的時候，主人還打算把牠們製成馬肉乾拿去賣。

是佟凌恰好瞧見，看著牠們無辜害怕的眼，心生不忍，把牠們帶回去，救了牠們，花了很長的時間助牠們修練，才有今天能化作人形的莫綱和行天。

佟凌只是對人類的貪婪感到失望而已，她的淡漠是用來防人的。

「走吧！到後花園去，他們在那兒呢！」魚婦和佟凌各自牽著一隻馬，悠悠步著。

莫綱和行天各自馱著孫傑及元湘的屍首，跟著她們來到森林邊境的扶桑樹旁。

「太陽代表著希望，始於扶桑，終於若木，將你們葬於扶桑樹下，願每一世的來生，你們都能共同追逐希望。」將兩人合葬後，佟凌撫著那片沃土，張口喃喃吟唱著悠揚而古老的咒語。

夕陽西斜，在天際灑落的光輝，暖暖的映照著那寧靜而不受世人干擾的兩座墳，就像這座林子的清幽一樣，從此不再有人世間的紛紛擾擾。

百年後，後世的醫書中記載：「東方沃野，元湘之屍，化為湘草，佩之不棄，食之情堅。」

培育文化

奇幻魔法 20

還魂術

作者 寒雨

責任編輯 黃涵愉

美術編輯 姚恩涵

封面/插畫設計師 Blamon

出版者 培育文化事業有限公司

信箱 yungjiuh@ms45.hinet.net

地址 新北市汐止區大同路3段194號9樓之1

電話 （02）8647-3663

傳真 （02）8674-3660

劃撥帳號 18669219

CVS代理 美璟文化有限公司

TEL／(02)27239968

FAX／(02)27239668

總經銷：永續圖書有限公司

永續圖書線上購物網

www.foreverbooks.com.tw

法律顧問 方圓法律事務所 涂成樞律師

出版日期 2015年11月

國家圖書館出版品預行編目資料

還魂術 / 寒雨著. -- 初版. -- 新北市 :
培育文化, 民104.11
面 ; 公分. -- (奇幻魔法 ; 20)
ISBN 978-986-5862-67-1(平裝)
859.6 104018591

※為保障您的權益，每一項資料請務必確實填寫，謝謝！

姓名		性別	□男　□女
生日	年　月　日	年齡	
住宅地址	郵遞區號□□□		
行動電話		E-mail	

學歷

□國小　□國中　□高中、高職　□專科、大學以上　□其他______

職業

□學生　□軍　□公　□教　□工　□商　□金融業
□資訊業　□服務業　□傳播業　□出版業　□自由業　□其他______

謝謝您購買 ___還魂術___ 與我們一起分享讀完本書後的心得。務必留下您的基本資料及電子信箱，使用我們準備的免郵回函寄回，我們每月將抽出一百名回函讀者，寄出精美禮物以及享有生日當月購書優惠！想知道更多更即時的消息，歡迎加入"永續圖書粉絲團"

您也可以使用以下傳真電話或是掃描圖檔寄回本公司電子信箱，謝謝！

傳真電話：（02）8647-3660　電子信箱：yungjiuh@ms45.hinet.net

●請針對下列各項目為本書打分數，由高至低5～1分。

	5 4 3 2 1		5 4 3 2 1
1.內容題材	□□□□□	2.編排設計	□□□□□
3.封面設計	□□□□□	4.文字品質	□□□□□
5.圖片品質	□□□□□	6.裝訂印刷	□□□□□

●您購買此書的地點及店名______

●您為何會購買本書？

□被文案吸引　□喜歡封面設計　□親友推薦　□喜歡作者
□網站介紹　□其他______

●您認為什麼因素會影響您購買書籍的慾望？

□價格，並且合理定價是______　□內容文字有足夠吸引力
□作者的知名度　□是否為暢銷書籍　□封面設計、插、漫畫

●請寫下您對編輯部的期望及建議：

★請沿此線剪下傳真、掃描或寄回，謝謝您寶貴的建議！

2 2 1 - 0 3

新北市汐止區大同路三段194號9樓之1

傳真電話：（02）8647-3660

E-mail：yungjiuh@ms45.hinet.net

廣　告　回　信
基隆郵局登記證
基隆廣字第200132號

培育

文化事業有限公司

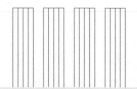

讀者專用回函

還魂術

培養文化育智心靈的好選擇